ANTÉCHRISTA

Paru dans Le Livre de Poche :

ATTENTAT

LES CATILINAIRES

LES COMBUSTIBLES

COSMÉTIQUE DE L'ENNEMI

HYGIÈNE DE L'ASSASSIN

MERCURE

MÉTAPHYSIQUE DES TUBES

PÉPLUM

ROBERT DES NOMS PROPRES

LE SABOTAGE AMOUREUX

STUPEUR ET TREMBLEMENTS

AMÉLIE NOTHOMB

Antéchrista

ROMAN

ALBIN MICHEL

Le premier jour, je la vis sourire. Aussitôt, je voulus la connaître.

Je savais bien que je ne la connaîtrais pas. Aller vers elle, je n'en étais pas capable. J'attendais toujours que les autres m'abordent : personne ne venait jamais.

C'était ça, l'université : croire que l'on allait s'ouvrir sur l'univers et ne rencontrer personne.

Une semaine plus tard, ses yeux se posèrent sur moi.

Je crus qu'ils allaient se détourner très vite. Mais non : ils restèrent et me jaugèrent. Je n'osai pas regarder ce regard : le sol se dérobait sous mes pieds, j'avais du mal à respirer.

Comme cela ne s'arrêtait pas, la souffrance devint intolérable. Au prix d'un courage sans précédent, je jetai mes yeux dans les siens : elle me fit un petit signe de la main et rit.

Ensuite, je la vis parler avec des garçons.

Le lendemain, elle vint vers moi et me dit bonjour.

Je lui rendis son salut et me tus. Je détestais ma gêne.

– Tu as l'air plus jeune que les autres, remarqua-t-elle.

– C'est parce que je le suis. J'ai seize ans depuis un mois.

– Moi aussi. J'ai seize ans depuis trois mois. Avoue que tu ne l'aurais pas cru.

– C'est vrai.

Son assurance lui donnait les deux ou trois années qui nous séparaient du peloton.

– Comment t'appelles-tu ? me demanda-t-elle.

– Blanche. Et toi ?

– Christa.

Ce prénom était extraordinaire. Émerveillée, je me tus à nouveau. Elle vit mon étonnement et ajouta :

– En Allemagne, ce n'est pas si rare.

– Tu es allemande ?

– Non. Je viens des cantons de l'Est.

– Tu parles allemand ?

– Bien sûr.

Je la regardai avec admiration.

– Au revoir, Blanche.

Je n'eus pas le temps de la saluer. Déjà, elle avait descendu l'escalier de l'amphithéâtre. Une bande d'étudiants la héla à grand bruit. Rayonnante, Christa marcha vers le groupe qui l'appelait.

« Elle est intégrée », pensai-je.

Ce mot avait pour moi une signification gigantesque. Moi, je n'avais jamais été intégrée à quoi que ce fût. J'éprouvais envers ceux qui l'étaient un mélange de mépris et de jalousie.

J'avais toujours été seule, ce qui ne m'eût pas déplu si cela avait été un choix. Ce ne l'avait jamais été. Je rêvais d'être intégrée, ne fût-ce que pour m'offrir le luxe de me désintégrer ensuite.

Je rêvais surtout de devenir l'amie de Christa. Avoir une amie me semblait incroyable. À plus forte raison, être l'amie de Christa – mais non, il ne fallait pas l'espérer.

L'espace d'un instant, je me demandai pourquoi cette amitié me semblait si souhaitable. Je ne trouvai pas de réponse claire : cette fille avait quelque chose, sans que je pusse savoir ce dont il s'agissait.

Comme je quittais l'enceinte de l'université, une voix cria mon prénom.

Cela ne m'était jamais arrivé et me plongea dans une sorte de panique. Je me retournai et vis Christa qui me rattrapait en courant. C'était formidable.

– Où vas-tu ? demanda-t-elle en m'accompagnant.

– Chez moi.

– Tu habites où ?

– À cinq minutes à pied.

– C'est ça qu'il me faudrait !

– Pourquoi ? Tu habites où ?

– Je te l'ai dit : dans les cantons de l'Est.

– Ne me dis pas que tu y retournes chaque soir.

– Si.

– C'est loin !

– Oui : deux heures en train pour venir, deux heures en train pour rentrer. Sans compter les trajets en bus. C'est la seule solution que j'ai trouvée.

– Et tu tiens le coup ?

– On verra.

Je n'osai pas lui poser plus de questions, de peur de la mettre mal à l'aise. Sans doute n'avait-elle pas les moyens de se payer un logement étudiant.

Au bas de mon immeuble, je pris congé.

– C'est chez tes parents ? demanda-t-elle.

– Oui. Toi aussi, tu vis chez tes parents ?

– Oui.

– À notre âge, c'est normal, ajoutai-je sans trop savoir pourquoi.

Elle éclata de rire, comme si j'avais dit quelque chose de ridicule. J'eus honte.

Je ne savais pas si j'étais son amie. À quel critère forcément mystérieux reconnaît-on que l'on est l'amie de quelqu'un ? Je n'avais jamais eu d'amie.

Par exemple, elle m'avait trouvée risible : était-ce une marque d'amitié ou de mépris ? Moi, cela m'avait fait mal. C'est que je tenais déjà à elle.

À la faveur d'une minute de lucidité, je me demandai pourquoi. Le peu, le très peu que je savais d'elle justifiait-il mon désir de lui plaire ? Ou était-ce pour cette piètre

11

raison que, seule de son espèce, elle m'avait regardée ?

Le mardi, les cours commençaient à huit heures du matin. Christa avait d'énormes cernes sous les yeux.

– Tu as l'air fatiguée, remarquai-je.

– Je me suis levée à quatre heures du matin.

– Quatre heures ! Tu m'as dit que le trajet durait deux heures.

– Je n'habite pas à Malmédy même. Mon village est situé à une demi-heure de la gare. Pour attraper le train de cinq heures, je dois me lever à quatre heures. À Bruxelles non plus, l'université n'est pas à côté de la gare.

– Se réveiller à quatre heures du matin, ce n'est pas humain.

– Tu as une autre solution ? me dit-elle d'un ton agacé.

Elle tourna les talons.

Je m'en voulus à mort. Il fallait que je l'aide.

Le soir, je parlai de Christa à mes parents. Pour servir mes fins, je dis qu'elle était mon amie.

– Tu as une amie ? interrogea ma mère en s'efforçant de ne pas sembler trop étonnée de cette nouvelle.

– Oui. Pourrait-elle loger ici les lundis soir ? Elle habite un village dans les cantons de l'Est et, le mardi, elle doit se lever à quatre heures du matin pour assister au cours de huit heures.

– Pas de problème. On mettra le lit pliant dans ta chambre.

Le lendemain, au prix d'un courage sans précédent, j'en parlai à Christa :

– Si tu veux, les lundis soir, tu pourrais loger chez moi.

Elle me regarda avec une stupéfaction radieuse. Ce fut le plus beau moment de ma vie.

– C'est vrai ?

Je gâchai aussitôt la situation en ajoutant :

– Mes parents sont d'accord.

Elle pouffa. J'avais encore dit une chose ridicule.

– Tu viendras ?

Déjà, l'avantage était inversé. Je ne lui rendais plus service : je la suppliais.

– Oui, je viendrai, répondit-elle, l'air de suggérer que c'était pour m'être agréable.

Cela ne m'empêcha pas de me réjouir et d'attendre le lundi avec ferveur.

Enfant unique, peu douée en amitié, je n'avais jamais reçu quelqu'un chez moi, à plus forte raison pour dormir dans ma chambre. Cette perspective m'épouvantait de joie.

Le lundi arriva. Christa ne me manifesta pas d'égards particuliers. Mais je constatai avec ivresse qu'elle portait un sac à dos : ses affaires.

Ce jour-là, les cours s'arrêtaient à quatre heures de l'après-midi. J'attendis Christa en bas de l'amphithéâtre. Elle passa un temps fou à prendre congé de ses nombreuses relations. Ensuite, sans hâte, elle me rejoignit.

Ce fut seulement quand nous eûmes quitté le champ de vision des autres étudiants qu'elle daigna m'adresser la parole – avec une amabilité forcée, comme pour souligner qu'elle m'accordait une faveur.

Quand j'ouvris la porte de mon appartement désert, mon cœur battait si fort que j'avais mal.

Christa entra et regarda autour d'elle. Elle siffla :

– Pas mal !

Je ressentis une fierté absurde.

– Où sont tes parents ? interrogea-t-elle.

– Au travail.

– C'est quoi, leurs métiers ?

– Ils sont enseignants dans un collège. Mon père est professeur de latin et grec, ma mère de biologie.

– Je vois.

J'aurais voulu lui demander ce qu'elle voyait, au juste. Je n'osai pas.

L'appartement n'était pas luxueux mais il avait beaucoup de charme.

– Montre-moi ta chambre !

Très émue, je l'emmenai dans mon repaire. Il était insignifiant. Elle parut déçue.

– Ça ne ressemble à rien, dit-elle.

– On y est bien, tu verras, commentai-je, un peu attristée.

Elle se jeta sur mon lit, me laissant le lit pliant. J'étais certes décidée à lui céder le mien ; cependant, j'aurais préféré qu'elle ne prenne pas les devants. Je m'en voulus aussitôt de nourrir d'aussi basses pensées.

– Tu as toujours dormi ici ?

– Oui. Je n'ai jamais habité ailleurs.

– Tu as des frères et des sœurs ?

– Non. Et toi ?

– J'ai deux frères et deux sœurs. Je suis la plus jeune. Montre-moi tes vêtements.

– Pardon ?

– Ouvre ton armoire !

Abasourdie, je m'exécutai. Christa se leva d'un bond pour venir regarder.

Au terme de son examen, elle dit :

– Tu n'as qu'un truc bien.

Elle attrapa ma seule tenue élégante, une robe chinoise près du corps. Sous mes yeux ébahis, elle envoya promener son tee-shirt, son jean et ses chaussures.

– La robe est moulante, dit-elle en l'observant. J'enlève aussi ma culotte.

Et elle fut nue comme un ver devant moi. Elle enfila la robe et se regarda dans le grand miroir. Cela lui allait bien. Elle s'admira.

– Je me demande comment elle te va.

Ce que je redoutais se produisit. Elle retira la robe et me la jeta :

– Mets-la !

Je restai immobile, interdite.

– Mets-la, je te dis !

Je ne parvenais pas à produire un son.

16

Christa ouvrit des yeux hilares, comme si elle comprenait enfin :

– Ça te pose un problème que je sois nue ?

Je secouai la tête pour dire non.

– Alors toi, pourquoi tu ne te déshabilles pas ?

Je secouai la tête à nouveau.

– Si, tu peux ! Tu dois !

Je devais ?

– Allez, quoi, tu es bête ! Déshabille-toi !

– Non.

Ce « non » fut pour moi une victoire.

– Je l'ai fait, moi !

– Ça ne me force pas à t'imiter.

– « Ça ne me force pas à t'imiter ! » singea-t-elle avec une voix grotesque.

Est-ce que je parlais comme ça ?

– Allez, Blanche ! On est entre filles !

Silence.

– Enfin, je suis toute nue, moi ! Je ne m'en porte pas plus mal !

– C'est ton problème.

– C'est toi qui as un problème ! Tu n'es pas marrante, hein ?

Elle se jeta sur moi en riant. Je me roulai en boule sur le lit pliant. Elle arracha mes chaussures, déboutonna mon jean avec une habileté stupéfiante, tira dessus et en profita pour enlever ma culotte au passage. Heureusement, mon tee-shirt était long et me couvrait jusqu'à mi-cuisse.

Je hurlai.

Elle s'arrêta et me regarda avec étonnement.

– Qu'est-ce que tu as ? Tu es folle ?

Je tremblais convulsivement.

– Ne me touche plus !

– Bon. Alors déshabille-toi.

– Je ne peux pas.

– Si tu ne le fais pas, je le fais ! menaça-t-elle.

– Pourquoi me tortures-tu ?

– Tu es ridicule ! Ce n'est pas de la torture ! On n'est rien que des filles !

– Pourquoi as-tu besoin que je me déshabille ?

Elle eut cette réponse singulière :

– Pour qu'on soit à égalité.

Comme si je pouvais être à égalité avec elle ! Hélas, je ne trouvai rien à dire.

– Tu vois bien que tu dois le faire ! triompha-t-elle.

Vaincue, je compris qu'il n'y avait plus d'échappatoire. Mes mains attrapèrent le bas de mon tee-shirt. Malgré mes efforts, je ne parvins pas à le soulever.

– Je n'y arrive pas.

– J'ai mon temps, dit elle sans me lâcher de ses yeux moqueurs.

J'avais seize ans. Je ne possédais rien, ni biens matériels ni confort spirituel. Je n'avais pas d'ami, pas d'amour, je n'avais rien vécu. Je n'avais pas d'idée, je n'étais pas sûre d'avoir une âme. Mon corps, c'était tout ce que j'avais.

À six ans, se déshabiller n'est rien. À vingt-six ans, se déshabiller est déjà une vieille habitude.

À seize ans, se déshabiller est un acte d'une violence insensée.

« Pourquoi me demandes-tu ça, Christa ? Sais-tu ce que c'est, pour moi ? L'exigerais-tu, si tu le savais ? Est-ce précisément parce que tu le sais que tu l'exiges ?

Je ne comprends pas pourquoi je t'obéis. »

Seize années de solitude, de haine de soi, de peurs informulables, de désirs à jamais inassouvis, de douleurs inutiles, de colères inabouties et d'énergie inexploitée étaient contenues dans ce corps.

Les corps ont trois possibilités de beauté : la force, la grâce et la plénitude. Certains corps miraculeux parviennent à réunir les trois. À l'opposé, le mien ne possédait pas une once de ces trois merveilles. Le manque était sa langue maternelle : il exprimait l'absence de force, l'absence de grâce et l'absence de plénitude. Il ressemblait à un hurlement de faim.

Au moins ce corps jamais montré au soleil portait-il bien mon prénom : blanche était cette chose chétive, blanche comme l'arme du même nom, mais mal affûtée – la partie tranchante tournée vers l'intérieur.

– C'est pour aujourd'hui ou pour demain ? lança Christa qui, couchée sur mon lit, semblait s'amuser beaucoup, savourant les moindres miettes de ma souffrance.

Alors, pour en finir, avec le geste rapide de qui dégoupille une grenade, je m'écorchai de ce tee-shirt et le jetai à terre, tel Vercingétorix lançant son bouclier aux pieds de César.

Tout en moi criait d'horreur. Le peu que j'avais, ce pauvre secret de mon corps, je l'avais perdu. C'était, à la lettre, un sacrifice. Et il était terrible de voir que je le sacrifiais pour rien.

Car Christa hocha à peine la tête. Elle me toisa des orteils aux cheveux, l'air de trouver le spectacle sans intérêt. Un unique détail retint son attention :

– Mais tu as des seins !

Je crus mourir. Cachant des larmes de rage qui eussent accru mon ridicule, je dis :

– Bien sûr. À quoi t'attendais-tu ?

– Estime-toi heureuse. Habillée, tu es plate comme une limande.

Charmée de ce commentaire, je me penchai pour ramasser le tee-shirt.

– Non ! Je veux te voir dans la robe chinoise. Elle me la tendit. Je la passai.

– Elle me va mieux qu'à toi, conclut-elle.

Cette robe me parut soudain un surcroît de nudité. Je l'enlevai à la hâte.

Christa se dressa d'un bond et se posta à côté de moi devant le grand miroir.

– Regarde ! On n'est pas faites pareil ! s'exclama-t-elle.

– N'insiste pas, dis-je.

J'étais au supplice.

– Ne détourne pas les yeux, ordonna-t-elle. Regarde-nous.

La comparaison était accablante.

– Tu devrais développer tes seins, dit-elle d'un ton docte.

– Je n'ai que seize ans, protestai-je.

– Et alors ? Moi aussi ! Et les miens, c'est autre chose, non ?

– Chacune son rythme.

– Pas d'histoire ! Je vais t'apprendre un exercice. Ma sœur était comme toi. Après six mois de ces exercices, elle avait changé, tu peux me croire. Allez, imite-moi : une, deux, une, deux...

– Fiche-moi la paix, Christa, dis-je en allant chercher mon tee-shirt.

Elle sauta sur mon vêtement et l'emporta à l'autre bout de la chambre. Je me mis à la poursuivre. Elle hurlait de rire. J'étais tellement humiliée et furieuse que je ne songeai pas à prendre un tee-shirt de rechange dans mon armoire. Christa courait à travers la pièce, me narguait de son beau corps triomphant.

À cet instant, ma mère rentra du travail. Elle entendit des cris stridents venir de ma chambre.

Elle se précipita, ouvrit la porte sans frapper et eut la vision de deux adolescentes nues qui galopaient en tous sens. Elle ne remarqua pas que l'une des deux, sa fille, était au bord des larmes. Elle n'eut d'yeux que pour l'inconnue qui riait.

À la seconde où ma mère pénétra dans l'antre de mon sacrifice, le rire de Christa, de démoniaque, devint la fraîcheur même – une franche hilarité, saine comme son corps. Elle cessa de courir, marcha vers ma mère en lui tendant la main.

– Bonjour, madame. Pardonnez-moi, je voulais voir comment votre fille était faite.

Et elle rigola, espiègle, délicieuse. Ma mère, stupéfaite, regardait cette adolescente nue qui lui serrait la main sans aucune gêne. Après un moment d'hésitation, elle sembla penser que c'était une enfant et qu'elle était très drôle.

– Vous êtes Christa ? dit-elle en commençant à rire.

Et elles rirent, elles rirent, comme si cette scène était du plus haut comique.

Je regardais rire ma mère, avec le sentiment d'avoir perdu une alliée.

Je le savais, moi, que cette scène avait été horrible et non comique. Je savais que Christa n'était pas une enfant, que c'était sa stratégie pour attendrir ma mère.

Et je voyais que celle-ci, sans penser à mal, voyait le beau corps plein de vie de la jeune fille – et je savais que, déjà, elle se demandait pourquoi le mien était moins bien.

Ma mère s'en alla. À peine la porte se fut-elle refermée que le rire de Christa se tarit.

– Je t'ai rendu service, dit-elle. Maintenant, tu n'auras plus de problème avec la nudité.

Je pensai que, dans l'intérêt général, j'allais essayer de croire à cette version de ce moment atroce. Je savais déjà que je n'y parviendrais pas : quand nous étions nues, côte à côte, face au miroir, j'avais trop senti la jubilation de Christa – jubilation de m'humilier, jubilation de sa domination, jubilation, surtout, d'observer ma souffrance à être déshabillée, détresse qu'elle respirait par les pores de sa peau et dont elle tirait une jouissance vivisectrice.

– Elle est belle, ta mère, déclara-t-elle en remettant ses vêtements.

– Oui, répondis-je, étonnée de l'entendre tenir des propos agréables.

– Elle a quel âge ?

– Quarante-cinq ans.

– Elle a l'air beaucoup plus jeune.

– C'est vrai, remarquai-je avec fierté.

– Comment s'appelle-t-elle ?

– Michelle.

– Et ton père ?

– François.

– Il est comment ?

– Tu verras. Il sera là ce soir. Et toi, tes parents, ils sont comment ?

– Très différents des tiens.

– Qu'est-ce qu'ils font ?

– Que tu es indiscrète !

– Mais... tu m'as posé la même question au sujet des miens !

– Non. C'est toi qui as éprouvé le besoin de me dire que tes parents sont professeurs.

Je me tus, abasourdie par sa mauvaise foi. En plus, si je comprenais bien, elle croyait que je tirais orgueil de la profession de mes parents. Quelle idée absurde !

– Tu ne devrais pas t'habiller comme ça, me dit-elle encore. On ne voit pas tes formes.

– Il faudrait savoir. Tu commences par t'extasier sur le fait que j'ai des seins, puis tu t'indignes que je n'en aie pas assez, et à présent tu m'ordonnes de les montrer. Je m'y perds.

– Que tu es susceptible !

Et elle eut un sourire sarcastique.

En temps normal, mes parents et moi mangions chacun de notre côté, qui sur un coin de table de cuisine, qui devant la télévision, qui au lit, sur un plateau.

Ce soir-là, comme nous avions une invitée, ma mère jugea bon de préparer un vrai dîner et de nous réunir à table. Quand elle nous appela, je soupirai de soulagement à l'idée de ne plus être seule avec mon bourreau.

– Bonsoir, mademoiselle, dit mon père.

– Appelez-moi Christa, répondit-elle avec une aisance formidable et un sourire lumineux.

Elle s'approcha de lui et, à sa surprise et à la mienne, elle lui colla deux baisers sur les joues. Je vis que mon père était étonné et charmé.

– C'est gentil de m'héberger pour cette nuit. Votre appartement est magnifique.

– N'exagérons rien. Nous l'avons seulement bien arrangé. Si vous aviez vu l'état dans lequel nous l'avons trouvé, il y a vingt ans ! Ma femme et moi, nous avons...

Et il se lança dans un récit interminable au cours duquel il ne nous épargna aucun détail des travaux fastidieux qui avaient été effectués.

Christa était suspendue à ses lèvres, comme si ce qu'il racontait la passionnait.

– C'est délicieux, dit-elle en reprenant le plat que ma mère lui tendait.

Mes parents étaient ravis.

– Blanche nous a dit que vous habitez du côté de Malmédy.

– Oui, je passe quatre heures en train par jour, sans compter les trajets en bus.

– Ne pourriez-vous louer un logement étudiant dans la cité universitaire ?

– C'est mon but. Je travaille dur pour y parvenir.

– Vous travaillez ?

– Oui, je suis serveuse dans un bar à Malmédy, le week-end, et parfois aussi en semaine, quand je ne rentre pas trop tard. Je paie mes études moi-même.

Mes parents la contemplèrent avec admiration et, la minute suivante, regardèrent avec réprobation leur fille qui, à seize ans, n'était pas fichue d'avoir atteint son indépendance financière.

– Que font vos parents ? demanda mon père.

Je jubilai à l'idée qu'elle lui réponde, comme à moi : « Vous êtes indiscret ! »

Hélas, Christa, au terme d'un petit silence très étudié, déclara avec une simplicité tragique :

– Je viens d'un milieu défavorisé.

Et elle baissa les yeux.

Je vis qu'elle venait de gagner dix points dans les sondages.

Aussitôt après, avec l'entrain d'une fille courageusement pudique, elle déclara :

– Si mes calculs sont exacts, à la fin du printemps, je devrais pouvoir louer quelque chose.

– Mais ce sera la préparation des examens ! Vous ne pourrez pas concilier tant d'efforts ! dit ma mère.

– Il faudra bien, répondit-elle.

J'avais envie de la gifler. Je mis cela sur le compte de mon mauvais esprit et m'en voulus.

Enjouée, Christa reprit la parole :

– Vous savez ce qui me ferait plaisir ? Qu'on se tutoie – si toutefois vous m'y autorisez. C'est vrai, vous êtes jeunes, je me sens stupide de vous vouvoyer.

– Si tu veux, dit mon père qui souriait d'une oreille à l'autre.

Je la trouvais d'un sans-gêne incroyable et j'enrageais que mes parents fussent séduits.

Au moment de rejoindre notre chambre, elle embrassa ma mère en disant :

– Bonne nuit, Michelle.

Puis mon père :

– Bonne nuit, François.

Je regrettai de lui avoir donné leur prénom, comme une victime torturée regrette d'avoir livré son réseau.

– Ton père aussi est très bien, déclara-t-elle.

Je constatai que ses compliments ne me réjouissaient plus.

Elle se coucha dans mon lit et dit :

– Je suis contente d'être ici, tu sais.

Elle posa sa tête sur l'oreiller et s'endormit à la seconde.

Ces dernières paroles me touchèrent et me plongèrent dans la perplexité. N'avais-je pas mal jugé Christa ? Mon ressentiment à son endroit était-il fondé ?

Ma mère nous avait vues nues toutes les deux et n'avait pas jugé cela choquant. Peut-être avait-elle perçu que j'avais un problème avec mon corps, peut-être avait-elle songé que ce comportement me serait salutaire.

Christa semblait complexée à cause du milieu d'où elle venait : je ne devais pas lui en vouloir d'avoir répondu bizarrement à ma question. Son attitude irrationnelle n'était que l'expression de son malaise.

Enfin, c'est vrai qu'elle était admirable de subvenir seule à la poursuite de ses études, à son si jeune âge. Au lieu d'en être bassement irritée, je devais l'en estimer davantage et la prendre pour modèle. Je m'étais trompée sur toute la ligne. J'eus honte de ne pas avoir compris d'emblée que Christa était une fille fantastique et que l'avoir pour amie constituait un bonheur inespéré.

Ces pensées m'apaisèrent.

Le lendemain matin, elle remercia mes parents avec effusion :

– Grâce à vous, j'ai pu dormir trois heures et demie de plus que d'ordinaire !

En chemin pour l'université, elle ne me dit pas un mot. Je la crus mal réveillée.

À peine étions-nous arrivées dans l'amphithéâtre que je cessai d'exister pour elle. Je passai la journée dans ma solitude coutumière. Le rire de Christa retentissait parfois au loin.

Je n'étais plus sûre qu'elle avait dormi dans ma chambre.

Le soir, ma mère déclara :

– Ta Christa est une trouvaille ! Elle est incroyable, drôle, spirituelle, pleine de vie...

Mon père lui emboîta le pas :

– Et quelle maturité ! Quel courage ! Quelle intelligence ! Quel sens des relations humaines !

– N'est-ce pas ? dis-je, en cherchant dans mes souvenirs ce que Christa avait proféré de si pénétrant.

– Tu as attendu longtemps pour avoir une amie, mais vu la qualité de celle que tu nous as amenée, je te comprends : tu avais placé la barre très haut, continua ma mère.

– En plus, elle est belle, s'exclama l'auteur de mes jours.

– Ma foi, c'est vrai, commenta son épouse. Et encore, toi tu ne l'as pas vue toute nue.

– Ah non ? Elle est comment ?

– Un sacré joli morceau, si tu veux mon avis.

Au comble de la gêne, j'intervins :

– Maman, s'il te plaît...

– Ce que tu es coincée ! Ton amie s'est montrée à moi sans aucune manière et elle a bien raison. Si elle pouvait te guérir de tes pudeurs maladives, ce serait parfait.

– Oui. Et ce n'est pas le seul domaine dans lequel elle pourrait te servir d'exemple.

Il me fallut un effort considérable pour contenir ma fureur. Je me contentai de dire :

– Je suis heureuse que vous aimiez Christa.

– Nous l'adorons ! Elle vient ici quand elle veut ! Transmets-lui le message.

– Comptez sur moi.

De retour dans ma chambre, je me déshabillai devant le grand miroir et me contemplai : des pieds à la tête, ce corps m'insulta. Il me parut que Christa n'en avait pas dit assez de mal.

Depuis ma puberté, je détestais mon physique. Je constatai que le regard de Christa avait aggravé la situation ; je ne pouvais plus me voir qu'au travers de ses yeux et je me haïssais.

Les seins, c'est ce qui obsède le plus les adolescentes : elles en ont depuis si peu de temps qu'elles n'en reviennent pas. La mutation des hanches est moins étonnante. C'est un changement et non un ajout. Ces protubérances qui éclosent sur la poitrine restent longtemps des étrangères pour la jeune fille.

Pour ne rien arranger, Christa n'avait mentionné que cet élément de mon physique : cela prouvait, s'il en était encore besoin, que c'était mon principal problème. Je fis l'expérience ; je cachai totalement mes seins dans mes mains et me regardai : soudain, j'étais acceptable et même plutôt bien. Il suffisait que je cesse de dissimuler ma poitrine et, aussitôt, mon apparence devenait pitoyable, misérable, comme si cet échec contaminait le reste.

Une voix dans ma tête me défendit :

« Et alors ? Tu n'as pas fini ta croissance. Il y a aussi des avantages à en avoir peu. Avant que Christa te regarde, tu t'en fichais. Pourquoi accordes-tu tant d'importance au jugement de cette fille ? »

Dans le miroir, je vis mes épaules et mes bras prendre la position préconisée par Christa et effectuer les exercices qu'elle m'avait prescrits.

La voix dans ma tête hurla :

« Non ! N'obéis pas ! Arrête ! »

Soumis, mon corps continua la gymnastique.

Je me promis de ne jamais recommencer.

Le lendemain, je résolus de ne plus aller vers Christa. Elle dut le sentir car ce fut elle qui vint vers moi ; elle m'embrassa et me regarda en silence. Mon malaise fut tel que je me mis à parler :

— Mes parents me chargent de te dire qu'ils t'adorent et que tu reviens chez nous quand tu veux.

— Moi aussi, j'adore tes parents. Dis-leur que je suis contente.

— Et tu reviendras ?

— Lundi prochain.

De grosses voix la hélèrent. Elle se retourna et se dirigea vers sa bande. Elle s'assit sur les genoux d'un type ; les autres rugirent pour en réclamer autant.

Nous étions mercredi. Le lundi suivant était encore loin. Il me sembla que je n'étais plus si pressée. N'étais-je pas mieux sans elle qu'avec elle ?

Hélas, ce n'était pas sûr. Être sans elle signifiait être seule comme personne. Ma solitude avait empiré depuis Christa : quand la jeune fille ne s'apercevait pas de mon existence, ce n'était plus de solitude que je souffrais, mais de déréliction. J'étais abandonnée.

34

Pis : j'étais punie. Si elle ne venait pas me parler, n'était-ce pas que j'avais commis une erreur ? Et je passais des heures à ressasser mes comportements, à la recherche de ce qui m'avait valu un châtiment dont le bien-fondé m'avait échappé, sans que je parvinsse à douter de sa justesse.

Le lundi suivant, mes parents accueillirent Christa avec excitation. Ils servirent du champagne : elle dit qu'elle n'en avait jamais bu de sa vie.

La soirée fut enjouée : Christa babillait, questionnait mon père ou ma mère sur les sujets les plus divers, hurlait de rire à leurs réponses, me tapait sur la cuisse pour me prendre à témoin, ce qui redoublait l'hilarité générale, à laquelle j'avais de plus en plus de mal à m'associer.

Le sommet me parut atteint lorsque, s'apercevant de l'élégance de ma mère, Christa se mit à chanter la chanson des Beatles, « Michelle, ma belle... » Je faillis lancer que le ridicule avait ses limites quand je vis que ma mère était ravie. Il est terrible de se rendre compte que ses parents ont perdu leur dignité.

C'était quand elle leur parlait que je découvrais la vie de celle qui était censée être mon amie :

— Oui, j'ai un petit copain, il s'appelle Detlev, il vit à Malmédy. Il travaille dans le même bar que moi. Il a dix-huit ans. Je voudrais qu'il apprenne un métier.

Ou encore :

— Tous mes camarades de lycée sont entrés directement à l'usine. Je suis la seule à avoir commencé des études. Pourquoi les sciences politiques ? Parce que j'ai un idéal de justice sociale. J'aimerais savoir comment aider les miens.

(Là, elle gagna dix points de plus dans les sondages. Pourquoi parlait-elle toujours comme si elle était en pleine campagne électorale ?)

À cet instant, Christa eut une intuition cruelle. Elle se tourna vers moi et me questionna :

— Au fond, Blanche, tu ne m'as pas dit pourquoi tu étudiais les sciences politiques.

Si j'avais eu de la présence d'esprit, j'aurais répliqué : « Je ne te l'ai jamais dit parce que tu ne me l'as pas demandé. » Hélas, j'étais trop stupéfaite pour parler : j'avais si peu l'habitude qu'elle m'adresse la parole.

Agacé de mon air ahuri, mon père insista :

– Allons, réponds, Blanche.

Je me mis à bégayer :

– Je trouve intéressant d'apprendre comment vivre avec les êtres humains...

Je parlais mal : c'était pourtant le fond de ma pensée et il me semblait que c'était un point de vue valable. Mes parents soupirèrent. Je compris que Christa m'avait interrogée dans le seul but de m'humilier devant eux. C'était réussi : à leurs yeux, je n'arrivais pas à la cheville de « cette jeune fille admirable ».

– Blanche a toujours été trop sage, dit ma mère.

Il faudra que tu nous la sortes, enchaîna mon père.

Je frémis ; l'horreur de notre ménage à quatre était contenue dans cette succession de pronoms : « ... tu nous la... » J'étais devenue la tierce personne. Quand on parle de quelqu'un à la troisième personne, c'est qu'il n'est pas là. En effet, je n'étais pas là. Les choses avaient lieu entre ces personnes présentes qu'étaient « tu » et « nous ».

– Oui, Christa : apprends-lui un peu la vie, ajouta ma mère.

– On va essayer, répondit la jeune fille.
Je mordais la poussière.

Quelques jours plus tard, à l'université,
Christa vint me chercher d'un air lassé.
– J'ai promis à tes parents de te présenter à
mes amis, dit-elle.
– Tu es gentille mais je n'y tiens pas.
– Tu viens, je n'ai pas que ça à faire.
Et elle m'entraîna par le bras. Elle me jeta
vers un conglomérat de grands abrutis :
– Les gars, c'est Blanche.
Personne ne me remarqua, pour mon soula-
gement. Ça y est : j'étais présentée.
Christa avait accompli son devoir. Elle me
tourna le dos et se mit à parler avec d'autres.
J'étais debout, seule parmi sa bande ; mon
malaise était palpable.
Je m'éloignai, couverte d'une sueur froide.
J'étais consciente de l'idiotie de ce qui venait
de se produire : cet incident était si minuscule
qu'il fallait l'oublier aussitôt. Je n'émergeais
cependant pas de cette impression de cau-
chemar.
Le professeur entra dans l'amphithéâtre. Les
étudiants allèrent s'asseoir. En passant près de

38

moi, Christa se pencha le temps de murmurer à mon oreille :

– Toi alors ! Je me donne un mal de chien pour toi, et toi tu te tires sans parler à personne.

Elle s'installa deux rangs plus loin, me laissant médusée, cassée.

Je perdis le sommeil.

Je me persuadai que Christa avait raison : c'était moins douloureux. Oui, j'aurais dû essayer de parler à quelqu'un. Mais pour dire quoi ? Je n'avais rien à dire. Et à qui ? Je ne voulais pas connaître ces gens.

« Tu vois : tu ne sais rien d'eux et tu as déjà décrété que tu ne voulais pas les connaître. Que tu es méprisante et hautaine ! Christa, elle, est généreuse : elle va vers les autres, comme elle est allée vers toi, vers tes parents. Elle a quelque chose à offrir à chacun. Toi, tu n'as rien pour personne, même pas pour toi. Tu es le néant. Christa est peut-être un peu brusque, mais elle existe, elle au moins. Tout vaut mieux que d'être toi. »

Des propos discordants grinçaient dans ma tête : « Arrête ! Comment ose-t-elle dire qu'elle se donne un mal de chien pour toi ? Les présentations, ça va dans les deux sens : elle ne t'a dit le nom de personne. Elle se fiche de toi. »

La réponse intérieure tonnait : « Tu es gonflée ! Elle, personne ne l'a présentée à personne. Elle est arrivée seule, de sa petite province lointaine, elle a ton âge et elle n'a besoin d'aucune aide, elle. La vérité, c'est que tu te conduis comme une idiote. »

Protestation de la partie adverse : « Et alors ? Quelqu'un m'a entendue me plaindre ? Je suis contente d'être seule. Je préfère ma solitude à sa promiscuité. C'est mon droit. »

Hurlements de rire : « Menteuse ! tu sais que tu mens ! Tu as toujours rêvé d'être intégrée, d'autant plus que ça ne t'est jamais arrivé ! Christa, c'est l'occasion de ta vie ! Et tu es en train de la manquer, pauvre fille, espèce de... »

S'ensuivaient, à mon endroit, des insultes du pire acabit.

C'était l'ordinaire de mes insomnies. Je me haïssais jusqu'à un point de non-retour.

La nuit du lundi, dans ma chambre, je demandai à Christa :

– Parle-moi de Detlev.

J'avais peur qu'elle me sorte un : « Ça ne te regarde pas ! » dont elle avait le secret.

Mais non ; elle regarda le plafond et dit d'une voix lointaine :

– Detlev... Il fume. Avec beaucoup de classe. Il a de la gueule. Grand, blond. Quelque chose de David Bowie. Il a un passé : il a souffert. Quand il entre quelque part, les gens se taisent et le regardent. Il parle peu, sourit peu. Le genre qui ne montre pas ses sentiments.

Ce portrait de beau ténébreux me parut du dernier ridicule, sauf un détail qui avait retenu mon attention :

– Il ressemble vraiment à David Bowie ?

– Surtout quand il fait l'amour.

– Tu as déjà vu David Bowie faire l'amour ?

– Ne sois pas bête, Blanche, soupira-t-elle, excédée.

Il me semblait pourtant que ma question était logique. Sans doute pour se venger, elle me lança :

– Toi, évidemment, tu es vierge.

– Comment le sais-tu ?

Question idiote. Elle pouffa. J'avais encore perdu une fameuse occasion de me taire.

– Il t'aime ? demandai-je.

– Oui. Trop.

– Pourquoi trop ?

– Tu ne sais pas ce que c'est, toi, d'avoir un type qui te regarde comme si tu étais une déesse.

Son « tu ne sais pas ce que c'est » était suprêmement méprisant. La suite de la phrase me parut grotesque : pauvre Christa, qui devait endurer ce sort cruel d'être dévorée des yeux par David Bowie ! Quelle poseuse !

– Tu n'as qu'à lui dire de t'aimer moins, enchaînai-je, la prenant au mot.

– Tu crois que j'ai attendu ton conseil ? Mais il ne peut pas s'en empêcher.

Je fis semblant d'avoir une idée lumineuse.

– Tu pourrais lui montrer le contenu de ton mouchoir. Après, il serait moins amoureux.

– Ma pauvre fille, tu as réellement un problème, me dit-elle avec consternation.

Et elle éteignit la lumière, histoire de signifier qu'elle voulait dormir, à présent.

Mon conciliabule mental me chargea : « Tu peux la trouver aussi tarte que tu veux, ça n'y change rien : tu aimerais bien être à sa place. Elle est aimée, elle a de l'expérience, et toi tu es une gourde à qui ça ne risque pas d'arriver. »

Et encore : là, il était question de l'amour des amants. À seize ans, il n'était pas inconcevable que je ne l'aie pas connu. Hélas, je n'en demandais pas tant : si seulement j'avais pu vivre une forme d'amour quelle qu'elle soit ! Mes parents n'avaient jamais eu pour moi que de l'affection, dont j'étais en train de découvrir combien elle était précaire : n'avait-il pas suffi que débarque une jeune fille séduisante pour me reléguer, dans leur cœur, au rang de poids mort ?

Je passai la nuit à fouiller ma tête : quelqu'un m'avait-il aimée ? S'était-il trouvé sur ma route un enfant ou un adulte pour me faire ressentir l'incroyable élection de l'amour ? Malgré mon désir, je n'avais jamais vécu les amitiés grandioses des fillettes de dix ans ; au lycée, je n'avais jamais retenu l'attention passionnée d'un professeur. Je n'avais jamais vu s'allumer pour moi, dans l'œil d'autrui, la flamme qui seule console de vivre.

Alors, je pouvais toujours me moquer de Christa. Elle était peut-être prétentieuse et vaine et sotte, mais elle au moins, elle se faisait aimer. Et je me rappelai le psaume : « Bénis soient ceux qui inspirent l'amour. »

Oui, bénis soient-ils, car quand bien même ils avaient tous les défauts, ils n'en étaient pas moins le sel de la terre, de cette terre où je ne servais à rien, moi que nul n'avait remarquée.

Pourquoi en était-il ainsi ? Ce n'eût été que justice, si je n'avais pas aimé. Or, c'était le contraire ; j'étais toujours disposée à aimer. Depuis ma prime enfance, je ne comptais plus le nombre de petites filles à qui j'avais offert mon cœur et qui n'en avaient pas voulu ; à l'adolescence, je m'étais pâmée pour un garçon qui ne s'était jamais aperçu de mon existence. Et encore, là, il s'agissait des excès de l'amour ; les simples tendresses m'avaient été refusées avec autant d'obstination.

Christa avait raison : je devais avoir un problème. Quel était-il ? Je n'étais pas si laide. Du reste, j'avais vu des filles moches être très aimées.

Je me rappelai un épisode de mon adolescence qui contenait peut-être la clef qui me manquait. Je n'avais pas à chercher loin : cela s'était passé l'année précédente. J'avais quinze ans et je souffrais de ne pas avoir d'amitié dans ma vie. Dans ma classe de terminale, il y avait trois filles inséparables : Valérie, Chantal et Patricia. Elles n'avaient rien d'extraordinaire, si ce n'est qu'elles étaient toujours ensemble, et semblaient en éprouver un grand bonheur.

Je rêvais de faire partie de ce groupe. Je me mis à les accompagner continuellement : pendant des mois, jamais on ne vit le trio sans me voir parmi elles. Je m'immisçais sans cesse dans leurs conversations. Certes, je remarquais qu'elles ne me répondaient pas quand je leur posais une question ; j'étais cependant patiente et je me contentais de ce que j'avais, qui me paraissait déjà beaucoup : le droit d'être là.

Six mois plus tard, après un éclat de rire, Chantal prononça cette phrase horrible :

– Nous trois, on forme une sacrée bande !

Et l'hilarité les reprit toutes les trois.

Or, j'étais là, parmi elles, comme je l'étais sans cesse. Un poignard m'entra dans le cœur. Je compris cette vérité abjecte : je n'existais pas. Je n'avais jamais existé.

On ne me vit plus avec le trio. Les jeunes filles ne s'aperçurent pas plus de mon absence que de ma présence. J'étais invisible. C'était ça, mon problème.

Défaut de visibilité ou défaut d'existence ? Cela revenait au même : je n'étais pas là.

Ce souvenir me tortura. Je constatai avec dégoût que cela n'avait pas changé.

Ou plutôt si : il y avait Christa. Christa qui m'avait vue. Non, c'eût été trop merveilleux. Christa ne m'avait pas vue : elle avait vu mon problème. Et elle s'en servait.

Elle avait vu une fille qui souffrait abomina-
blement de ne pas exister. Elle avait compris
qu'elle pouvait utiliser cette douleur vieille de
seize ans.

Déjà, elle s'était emparée de mes parents et
de leur appartement. Elle ne s'arrêterait sûrement pas en si bon chemin.

Le lundi suivant, Christa ne vint pas au cours.
C'est donc seule que je revins chez moi.

Ma mère s'aperçut aussitôt de l'absence de
Christa et me posa cent questions :

– Est-elle malade ?

– Je n'en sais rien.

– Comment ça, tu n'en sais rien ?

– C'est comme ça. Elle ne m'a pas prévenue.

– Et tu ne lui as pas téléphoné ?

– Je n'ai pas son numéro.

– Tu ne le lui as jamais demandé ?

– Elle n'aime pas que je l'interroge sur sa
famille.

– De là à ne pas lui demander ses coordonnées !

C'était déjà ma faute.

– Elle pourrait appeler, elle, dis-je. Elle a
notre numéro.

– C'est sûrement trop cher pour ses parents.

Ma mère ne manquait jamais d'argument pour excuser celle qui était censée être mon amie.

– Tu n'as même pas son adresse ? Ni le nom de son village ? Tu n'es pas dégourdie !

Ma mère n'était pas prête à céder, elle décida d'essayer les renseignements nationaux.

– Une famille Bildung, dans la région de Malmédy... Vous n'avez rien ? Bon. Je vous remercie.

Mon père rentra à son tour. Son épouse lui raconta sa recherche et mon peu de présence d'esprit.

– Toi alors ! me dit-il.

La soirée fut sinistre.

– Tu ne t'es pas disputée avec elle, quand même ? me demanda ma mère avec humeur.

– Non.

– Pour une fois que tu as une amie ! Une fille formidable ! enchaîna-t-elle d'un ton accusateur.

– Maman, je t'ai dit que je ne me suis pas disputée.

Je compris, au passage, que mes parents ne me pardonneraient jamais une éventuelle brouille avec elle.

Mon père ne parvenait pas à avaler une bouchée du bon repas préparé pour Christa.

– Peut-être a-t-elle eu un accident, finit-il par dire. Ou peut-être a-t-elle été enlevée ?

– Tu crois ? interrogea ma mère avec épouvante.

Exaspérée, je me retirai dans ma chambre. Ils ne le remarquèrent pas.

Le lendemain, Christa palabrait avec sa bande. Je me jetai sur elle :

– Où étais-tu ?

– De quoi me parles-tu ?

– Hier soir. C'était lundi, nous t'attendions.

– Ah oui. On est sortis trop tard, Detlev et moi. Le matin, je n'ai pas réussi à me lever.

– Pourquoi tu ne m'as pas prévenue ?

– Oh la la, c'est grave ? soupira-t-elle.

– Mes parents s'inquiétaient.

– Ils sont mignons. Tu m'excuseras auprès d'eux, veux-tu ?

Et elle tourna le dos, pour bien me montrer qu'elle n'allait pas perdre plus de temps en ma compagnie.

Le soir, j'expliquai comme je pus la situation aux auteurs de mes jours. Ils avaient pour

Christa une indulgence sans borne et trouvèrent cela bien naturel. Ils s'empressèrent de me demander si elle viendrait le lundi suivant.

– Je crois, répondis-je.

Ils étaient si contents.

– Tu vois, dit ma mère à mon père : elle est saine et sauve.

En effet, le lundi suivant, elle m'accompagna chez moi. Mes parents l'accueillirent avec un bonheur redoublé.

« Elle a réussi son coup », pensai-je.

Je ne savais pas à quel point c'était vrai. Je le vis pendant le repas, quand mon père prit la parole :

– Christa, Michelle et moi, nous avons réfléchi. Nous te proposons de venir habiter ici avec nous, la semaine. Tu partagerais la chambre de Blanche. Le week-end, tu retournerais chez toi, à Malmédy.

– François, ne régis pas la vie de Christa à sa place ! l'interrompit ma mère.

– Tu as raison, je m'emballe. Tu es libre de refuser, Christa. Mais nous serions si heureux, tous les trois.

Je l'écoutais, la mort dans l'âme.

Avec un art consommé, la jeune fille baissa les yeux.

– Je ne peux pas accepter..., murmura-t-elle.

Je retins mon souffle.

– Pourquoi ? demanda mon père avec angoisse.

Elle fit mine d'avoir de longues pudeurs à vaincre avant de répondre :

– Je... je ne pourrais pas vous payer de loyer...

– Il n'en a jamais été question, protesta ma mère.

– Enfin, je ne peux pas. C'est trop généreux de votre part...

C'était bien mon avis.

– Tu plaisantes ! dit mon père. C'est de ta part que ce serait généreux ! Nous sommes si heureux quand tu es là ! Blanche est transfigurée ! Tu es une sœur pour elle !

Je faillis rire tant c'était énorme.

Christa me regarda avec timidité.

– Blanche, tu as besoin de ton intimité, dans ta chambre. C'est normal.

J'allais répondre quand ma mère s'interposa :

– Tu aurais dû voir comme Blanche était désolée, la semaine dernière, quand tu n'étais

50

pas venue. Tu sais, elle n'a jamais été douée pour se faire des amies. Alors je t'assure que pour elle, si tu acceptais, ce serait inespéré.

– Allons, Christa, ça nous rendrait tous si heureux, insista mon père.

– En ce cas, je ne peux pas refuser, convint-elle.

Pour accepter, elle avait attendu qu'on doive l'en remercier.

Ma mère vint embrasser Christa qui plissait le nez de plaisir. Mon père rayonnait.

J'étais orpheline.

J'en eus la confirmation un peu plus tard, dans la cuisine, alors que je rangeais la vaisselle avec l'auteur de mes jours. Sachant que Christa ne pourrait nous entendre, je questionnai :

– Pourquoi ne m'as-tu pas demandé mon avis ?

J'imaginais qu'il allait me donner cette réponse légitime : « Je suis chez moi, j'invite qui je veux. »

Or il me répondit ceci :

– Ce n'est pas seulement ton amie. C'est aussi la nôtre.

Je fus sur le point de rectifier en disant que c'était uniquèment la leur quand Christa entra en bondissant, accentuant jusqu'au délire la part d'enfance à laquelle elle avait encore droit.

– Je suis si heureuse ! cria-t-elle.

Et elle sauta dans les bras de mon père, puis m'embrassa sur les deux joues.

– François, Blanche, vous êtes ma famille, maintenant !

Ma mère nous rejoignit pour ne rien manquer de ce charmant tableau. La jeune fille d'image d'Épinal riait de joie, sautillait, enlaçait mes parents qui s'attendrissaient de cette fraîcheur virginale. Cette scène me paraissait du dernier ridicule et j'étais consternée de mon isolement. J'intervins avec un peu de froideur :

– Et Detlev ?

– Je le verrai le week-end.

– Ça te suffira ?

– Bien sûr.

– Et lui, ça lui conviendra ?

– Tu ne voudrais quand même pas que je lui demande la permission ?

– Bravo, Christa ! jubila ma mère.

– Que tu es vieux jeu ! me dit mon père.

Ils n'avaient rien compris. Je ne parlais pas de liberté ou d'autorisation. J'avais de l'amour fou une telle idée que, si cela m'arrivait un jour, je ne pouvais imaginer aucune séparation. Entre l'être aimé et soi, que tolérer, sinon la lame d'une épée ? Je me gardai bien d'exposer des vues dont je devinais qu'elles me vaudraient des flots de moqueries.

Et je regardai gravement les nouveaux parents de Christa fêter cette catastrophe.

Mardi, l'intrigante dut retourner dans sa province chercher quelques affaires.

Durant la nuit de mardi à mercredi, je savourai la solitude de ma chambre avec une délectation tragique. Décidément, le peu que l'on croyait posséder, on ne le possédait pas, ou plutôt de si précaire façon que l'expropriation en était fatale. Le trésor des jeunes filles délaissées, l'espace de rêve d'une chambre à soi, cela aussi me serait retiré.

Je ne dormis pas. Je me pénétrais de ce qui allait m'être arraché. Mon sanctuaire depuis ma naissance, le temple de mon enfance, la caisse de résonance de mes hurlements d'adolescente.

Christa avait dit que ma chambre ne ressemblait à rien. C'était exact : c'était de cette manière que cette pièce me ressemblait. Ses murs ne portaient ni portraits de chanteurs

ni posters de créatures évanescentes et dia-
phanes : ils étaient nus comme l'intérieur de
mon être. Aucun dépouillement spectaculaire
pour autant, qui eût pu donner à croire que
j'étais en avance pour mon âge : je ne l'étais
pas. Des livres s'amoncelaient çà et là : ils me
tenaient lieu d'identité.

Cette insignifiance qui m'était si précieuse
allait être envahie, au nom d'une amitié qui
n'existait pas et qu'il me faudrait cependant
feindre, sauf à perdre jusqu'aux vestiges de
l'affection de mes parents.

Je me sermonnais en long et en large : « Que
ton univers est petit, que tes drames sont minus-
cules, pense à ceux qui n'ont pas de chambre,
et puis elle va t'apprendre la vie, Christa, ce ne
sera pas du luxe. »

Ces propos bienveillants ne me convain-
quaient pas le moins du monde.

Le mercredi après-midi, l'envahisseuse débarqua avec un énorme sac qui ne me dit rien
qui vaille – et ce n'était qu'un début : il en sortit
des vêtements à n'en plus finir, un ghetto-
blaster et ses Compact Disc dont les titres me

traumatisèrent, des objets supposés attachants et, comble de l'horreur, des posters.

– Tu vas enfin avoir une chambre de jeune ! s'exclama Christa.

Et elle déroula sur les murs des visages d'individus dont la notoriété m'avait jusque-là été épargnée et qu'il me faudrait subir désormais. Je me promis d'oublier leurs noms.

Elle fit résonner l'espace de mélopées hideuses aux paroles pleines de bonnes intentions et poussa le vice jusqu'à chanter en même temps que le disque.

Elle commençait très fort.

Christa ne supportait pas d'écouter un album jusqu'au bout : il fallait qu'elle en changeât continuellement. Il y avait dans ce procédé une forme de torture : en effet, quand elle interrompait un disque, de préférence au milieu d'une chanson, on reprenait espoir, on se disait qu'elle avait peut-être enfin remarqué l'indigence de ces décibels ; hélas, quand on entendait sa nouvelle sélection « musicale », on regrettait aussitôt la précédente, non sans se morigéner et se forcer à apprécier celle-ci, à l'idée de celle qui ne manquerait pas de suivre.

– Ça te plaît ? me demanda-t-elle après des demi-heures de supplice.

56

La question me parut saugrenue. Depuis quand les assaillants se préoccupaient-ils de l'opinion de leur victime ?

Pouvais-je mentir à ce point ? Oui.

– Beaucoup. Surtout le rock allemand, m'entendis-je répondre avec épouvante.

Le rock allemand était à coup sûr la pire chose que Christa m'avait imposée. Étais-je donc masochiste au point de déclarer un goût qui correspondait au sommet de ma répugnance ? À la réflexion, non. D'abord, tant qu'à écouter des monstruosités, autant aller jusqu'au bout de l'horreur : toucher le fond est moins effrayant que rester à la surface de l'abject. Ensuite, si hideux fût le rock allemand, il présentait sur les bardes francophones une supériorité incontestable : je ne comprenais pas les paroles.

– Tu as raison, c'est super ! Detlev et moi on adore, s'emporta-t-elle.

Et elle mit à plein tube un morceau qui était délicatement intitulé : *So schrecklich*. « On ne saurait mieux dire », pensai-je. Qu'était-il arrivé à la culture allemande, qui par excellence était celle des compositeurs de génie, pour qu'aujourd'hui la création musicale teutonne fût la plus moche du monde ? Quant à la vie amoureuse de Detlev et Christa, bercée par ces hymnes méphitiques et ineptes, elle devait être très éloignée de celle du chevalier au cygne.

Quelqu'un frappa timidement à la porte. C'était mon père.

– Bonsoir, François ! clama Christa avec un sourire d'une oreille à l'autre. Tu vas bien ?

Qu'elle tutoie mes parents et les appelle par leur prénom me paraissait toujours bizarre.

– Oui, très bien. Pardon, est-ce que la musique ne va pas un peu fort ? balbutia-t-il.

– C'est vrai, dit-elle en baissant le son. C'était pour faire plaisir à Blanche : c'est sa musique favorite.

– Ah, dit-il en me regardant avec consternation.

Et il s'en alla.

Ainsi, non seulement il me fallait subir cette punition auditive, mais en plus il fallait convaincre mon entourage que j'étais la principale responsable de cet outrage.

À l'université, elle m'introduisit plus activement parmi sa bande. C'était devenu indispensable.

– J'habite avec Blanche, maintenant. Elle a seize ans, comme moi.

– Tu as seize ans, Christa ? demanda un étudiant.

– Eh oui.

– Tu n'en as pas l'air.

– Blanche, elle, en a l'air, non ?

– Ouais, dit le type qui s'en fichait. Comment tu as fait pour entrer à l'université à seize ans, Christa ?

– Tu sais, là d'où je viens, la vie est dure. J'ai éprouvé le besoin de grandir plus vite pour partir, me libérer, voler de mes propres ailes, tu comprends ?

Parmi les choses qui m'énervaient chez elle, il y avait cette façon de débiter des phrases qui tombaient sous le sens et de les terminer par « tu comprends ? », comme si l'interlocuteur n'allait pas saisir la subtilité de son discours.

– Je vois, commenta l'ami.

– Tu es une sacrée bonne femme, déclara un grand chevelu.

– Blanche, c'est différent, enchaîna Christa. Son père et sa mère sont professeurs, alors elle est studieuse, vous pensez bien. En plus, avant moi, elle n'a jamais eu de copine. Elle s'embêtait tellement qu'elle était la première de la classe.

Les garçons de sa bande eurent un petit rire méprisant.

Je préférai ne pas montrer que j'étais offensée. Que prétendait-elle savoir de ma vie ? Et de quel droit me donnait-elle en pâture aux moqueries des siens ? À quel besoin cela correspondait-il, chez elle ?

J'avais déjà compris que Christa consacrait l'essentiel de son temps à son autopromotion. Et sans doute trouvait-elle plus efficace de disposer à cette fin d'un repoussoir : moi.

Décidément, j'étais un filon : grâce à moi, elle était logée, nourrie et blanchie, sans autre frais que de me ridiculiser en public, ce qui servait également ses intérêts.

Ainsi, elle vantait son image de fille méritante, courageuse, en avance pour son âge, délurée, etc., au détriment d'une courge niaise et pas futée, issue d'un milieu « privilégié » – par je ne sais quel tour de passe-passe elle parvenait à suggérer qu'avoir des parents enseignants était le signe d'un confort matériel formidable.

Au soir de cette charmante scène avec ses amis, elle me déclara :

60

– Grâce à moi, tu es intégrée, maintenant.

Elle s'attendait sans doute à ce que je la remercie. Je restai muette.

Jusqu'à ma rencontre avec Christa, l'un des bonheurs de ma vie d'adolescente avait consisté à lire : je me couchais sur mon lit avec un livre et je devenais le texte. Si le roman était de qualité, il me transformait en lui. S'il était médiocre, je n'en passais pas moins des heures merveilleuses, à me délecter de ce qui ne me plaisait pas en lui, à sourire des occasions manquées.

La lecture n'est pas un plaisir de substitution. Vue de l'extérieur, mon existence était squelettique ; vue de l'intérieur, elle inspirait ce qu'inspirent les appartements dont l'unique mobilier est une bibliothèque somptueusement remplie : la jalousie admirative pour qui ne s'embarrasse pas du superflu et regorge du nécessaire.

Personne ne me connaissait de l'intérieur : personne ne savait que je n'étais pas à plaindre, sauf moi – et cela me suffisait. Je profitais de mon invisibilité pour lire des jours entiers sans que personne s'en aperçût.

Il n'y avait guère que mes parents pour remarquer ce comportement. Je subissais leurs sarcasmes : ma biologiste de mère s'offusquait que je laisse mon physique en friche ; mon père l'appuyait à grand renfort de citations latines ou grecques, *mens sana in corpore sano*, etc., me parlait de Sparte et s'imaginait sans doute qu'il existait des gymnases où j'eusse pu aller m'entraîner au discobole. Il eût même préféré avoir pour rejeton un Alcibiade plutôt que cette fille éprise de littérature, rêveuse et solitaire.

Je n'essayais pas de me défendre. À quoi bon tenter de leur expliquer que j'étais invisible ? Ils me croyaient hautaine, dédaigneuse des joies ordinaires de mon âge : j'eusse adoré trouver le mode d'emploi de mon adolescence, mais c'était impossible sans le regard de quelqu'un. Mes parents ne me regardaient pas, puisqu'ils avaient déjà décrété comment j'étais – « trop sage, pas vivante, etc. ». Un regard véritable n'a pas d'idée préconçue. Si des yeux vrais s'étaient posés sur moi, ils eussent vu une pile atomique, un arc tendu à l'extrême, ne demandant qu'une flèche et une cible, et hurlant son désir de recevoir ces deux trésors.

Cependant, aussi longtemps que ces grâces me seraient refusées, je n'éprouvais pas de frustration à fleurir dans les livres : j'attendais mon heure, je tissais mes pétales avec du Stendhal et du Radiguet, qui ne me paraissaient pas les pires ingrédients de cette terre. Je ne vivais pas au rabais.

Depuis Christa, la lecture tenait du coït interrompu : si elle me surprenait en train de lire, elle commençait par m'engueuler (« toujours dans tes bouquins ! ») puis se mettait à me parler de mille choses sans intérêt aucun, qu'elle répétait invariablement quatre fois — comme je m'ennuyais ferme quand elle me baratinait, je n'avais d'autre dérivatif que compter ses redites et m'étonner de ce cycle quaternaire.

— Et Marie-Rose m'a dit... alors j'ai dit à Marie-Rose... Incroyable, hein, ce qu'elle m'a dit, Marie-Rose... Bon, tu penses bien que je lui ai dit, à Marie-Rose, que...

Parfois je me forçais, par politesse, à feindre une réaction, comme :

— Qui est Marie-Rose ?

Mal m'en prenait. Christa s'exaspérait.

— Je t'ai déjà raconté mille fois !

En effet, elle avait sûrement évoqué quatre mille fois ce personnage à mon ennui récurrent, et j'avais dû l'oublier quatre mille fois.

Bref, il valait mieux que je me taise et la regarde parler en ponctuant son discours de « mmmm » ou de hochements de tête. Je me demandais pourtant pourquoi elle se comportait de cette manière : ce n'était pas une idiote, elle ne pouvait pas trouver divertissant de me narrer l'eau de vaisselle qui lui tenait lieu de récit. J'en étais arrivée à la conclusion que Christa souffrait d'une jalousie pathologique : quand elle me voyait heureuse avec un livre, il fallait qu'elle détruise ce bonheur, faute de pouvoir se l'approprier. Elle avait réussi à s'accaparer mes parents et l'appartement, il lui fallait aussi mes joies. Or j'étais prête à les partager.

– Si tu me laisses terminer ma lecture, je te passerai ce bouquin.

Elle ne pouvait pas attendre, elle me le prenait des mains, l'ouvrait n'importe où, lisait le milieu ou la fin (je n'osais lui montrer le mépris que m'inspiraient de telles pratiques), s'y installait avec une moue dubitative – j'allais me chercher un autre livre et à peine le texte avait-il serré ses bras autour de moi que j'entendais parler à nouveau de Marie-Rose ou de Jean-Michel. C'était insupportable.

– Tu n'aimes pas ce roman ? lui demandais-je.

– Je crois que je l'ai déjà lu.

– Comment ça, tu crois ? Quand tu as mangé une tarte, tu sais si tu l'as mangée, non ?

– C'est toi, la tarte.

Et elle pouffait, enchantée de son mot d'esprit. Mon air consterné lui semblait une victoire. Elle pensait m'avoir « rivé mon clou ». En vérité, j'étais effondrée de la découvrir si bête.

Comme il lui fallait le beurre et l'argent du beurre, elle se vantait de ses lectures devant mes parents. Ils tombaient dans tous ses panneaux et s'extasiaient :

– Tu trouves le temps de lire, malgré tes études et ton travail de serveuse !

– Ce n'est pas le cas de Blanche qui, à part lire, ne fait strictement rien.

– Rends-nous service, Christa : arrache-la à ses bouquins, apprends-lui à vivre !

– Si c'est pour vous rendre service, je vous promets d'essayer.

Comme elle était forte pour suggérer toujours que nous avions d'excellentes raisons de lui être redevables ! Avait-elle donc trépané mes parents pour qu'ils soient devenus si bêtes ? Je les regardais sans comprendre : savaient-ils qu'ils ne cessaient de me renier ?

Pourquoi méprisaient-ils leur enfant ? Leur affection pour moi avait-elle si peu pesé ?

Je ne leur avais pourtant causé aucun problème. En seize années, personne ne s'était plaint à mon sujet et je ne leur avais jamais reproché de m'avoir donné la vie, qui, cependant, ne m'avait pas encore montré en quoi elle valait le détour.

Je me rappelai soudain la parabole de l'enfant prodigue : déjà, dans la bouche du Christ, les parents préféraient l'enfant qui s'était mal conduit. *A fortiori*, dans la bouche de Christa. Peut-être le Christ et Christa prêchaient-ils pour leur chapelle : l'enfant prodigue, c'était eux. Et moi, j'étais le déplorable enfant sage, celui qui n'a pas eu l'habileté de signaler, par ses turbulences, par ses fugues, par ses impertinences, par ses insultes, qu'il méritait hautement l'amour de son père et de sa mère.

L'intrigante tint parole. Elle m'emmena à l'une de ces innombrables soirées universitaires qui avaient lieu presque chaque nuit, organisées par l'une ou l'autre faculté, dans des locaux infâmes dont je n'ai pas compris s'ils avaient été conçus à cet effet ou pour entreposer de vieux pneus.

C'était en novembre, je grelottais dans mon jean. Il y avait là un bruit abominable, une sono qui diffusait punition sur punition. On avait le choix entre suffoquer dans la fumée des cigarettes ou rester près de la porte béante et y attraper une pneumonie. Un éclairage infect rendait les gens encore plus laids.

– C'est nul, ici, dit Christa.

– Je suis de ton avis. On part ?

– Non.

– Tu viens de dire que c'était nul.

– J'ai promis à tes parents de te sortir.

J'allais protester quand elle vit des amis à elle. Ils vinrent la chercher avec les effusions bourrues qui étaient leur habitude. Ils se mirent ensemble à boire et à danser.

J'avais l'impression d'être à l'abattoir mais, comme mes pieds étaient frigorifiés, j'affectai de danser, moi aussi. Christa avait oublié mon existence. Je préférais.

Autour de moi, beaucoup d'étudiants étaient ivres. J'aurais aimé l'être également, mais j'étais trop seule pour boire. Je m'évertuais à bouger sur place. Des heures harassantes se passèrent ainsi, absurde lutte en vue de rien.

Soudain, on troqua les punitions au martinet pour les punitions à la serpillière : les slows. Des garçons tombèrent sur des filles. Un type qui était normal m'emmena et m'enlaça. Je lui demandai comment il s'appelait :

– Renaud. Et toi ?

– Blanche.

Apparemment, ces présentations lui suffirent car, l'instant d'après, je me retrouvai avec une bouche sur la mienne. Ces mœurs me semblèrent étranges, mais comme je n'avais jamais été embrassée, je décidai d'analyser ça.

C'était bizarre. Il y avait une langue qui ondulait comme le monstre du Loch Ness contre mon palais. Les bras du gars exploraient mon dos. C'était étonnant de se sentir visitée.

Ce tourisme dura longtemps. J'y prenais goût.

Une main m'attrapa l'épaule et me retira de l'étreinte. C'était Christa.

– Il est tard, on s'en va, dit-elle.

Renaud me salua d'un signe de tête que je lui rendis.

En quittant la salle, je m'aperçus que, çà et là, sur le sol bétonné, des garçons et des filles se caressaient de façon significative. Si Christa n'était pas venue me chercher, peut-être cela me serait-il arrivé, je n'en savais rien.

Pas de doute, il s'était passé quelque chose. Je ressentais une véritable exaltation. J'étais ce personnage ridicule et extatique : une fille de seize ans qui a reçu son premier baiser. De telles sottises grandioses en valaient la peine.

Je ne disais rien. Christa, qui n'avait rien manqué de cet événement, me regardait en coin, l'air de penser que mon émoi était le comble du grotesque. Elle avait certainement raison mais j'espérais qu'elle se tairait : chaque être a droit à son petit bonheur niais, j'étais enfin en train de vivre le mien, ces joies-là étaient fragiles, il suffirait d'un mot pour les anéantir.

Hélas, Christa ne garda pas le silence dont j'avais besoin. Elle lança :

– Ces soirées étudiantes, c'est vraiment l'Armée du Salut ! Même les laissées-pour-compte y trouvent leur affaire !

Et elle éclata de rire.

Sidérée, je la regardai. Elle planta ses yeux dans les miens et je vis qu'elle savourait mon humiliation. Son hilarité reprit de plus belle.

Un éclair me traversa le crâne : « Elle ne s'appelle pas Christa ! Elle s'appelle Antéchrista ! »

Cette nuit-là, comme Antéchrista dormait dans ce qui avait été mon lit, je tentai de mettre un peu d'ordre parmi les divers tumultes qui se bousculaient en moi. Je subissais ce tohu-bohu mental :

« Ça ne lui suffit pas de me voler le peu que j'avais, il faut qu'elle me pourrisse tout ! Elle voit très bien où le bât blesse en moi, elle en abuse, elle jouit de faire le mal et elle m'a choisie pour victime. Je ne lui apporte que du bien, elle ne m'apporte que du mal. Ça va mal finir, cette histoire. Antéchrista, tu m'entends, tu es le mal, je te terrasserai comme un dragon ! »

L'instant d'après, j'entendais :

« Arrête ce délire, que tu es susceptible ! Elle s'est un peu moquée de toi, ce n'est pas grave, si tu t'y connaissais plus en amitié, tu saurais que ses manières sont normales, et puis n'oublie pas que c'est elle qui t'a emmenée à cette soirée, sans elle tu n'aurais jamais eu le courage d'y aller, et tu es contente de ce qui t'est arrivé là-bas, c'est vrai que c'est une peste, mais elle t'apprend à vivre, et que tu le veuilles ou non, tu en avais besoin. »

La riposte ne tardait pas :

« C'est ça, tu joues le jeu de l'ennemie, tu lui trouves toujours des excuses, jusqu'où faudra-t-il que tu mordes la poussière pour réagir ? Si tu n'as pas de respect pour toi, ne t'étonne pas qu'elle ne te respecte pas ! »

La négociation était sans fin.

« Et alors, tu vas exiger des excuses ? Tu auras l'air fin, tiens ! Tu serais moins bête si tu ne montrais pas qu'elle t'a blessée. Sois au-dessus de ça ! Ne te complais pas dans ton complexe de persécution !

— Lâche ! De quels mots ne déguises-tu pas ta lâcheté ?

— Tu n'es pas réaliste. Christa n'est pas le diable. Elle a ses bons et ses mauvais côtés. Elle a débarqué dans ton monde et tu aurais du mal à te débarrasser d'elle. Il y a une chose que tu ne peux pas nier, c'est qu'elle est la vie : elle est douée pour vivre et toi tu ne l'es pas. Il faut toujours aller dans le sens de la vie, il ne faut pas lui opposer de résistance. Si tu souffres, c'est que tu la refuses. Baisse la garde. Quand tu l'accepteras pour de vrai, tu ne souffriras plus. »

Comme je ne parvenais pas à sortir de cette querelle intérieure, je me forçai à penser à autre chose. Je songeai au baiser de l'inconnu : n'était-il pas incroyable que j'aie été embrassée ? Ce garçon n'avait donc pas remarqué que j'étais une anormale ! Cela signifiait qu'il était possible de ne pas s'en apercevoir : grande nouvelle.

J'essayai de me rappeler le visage de Renaud. Je ne pus me souvenir du moindre de ses traits. Rien de moins romantique que ce flirt à cinquante centimes, mais cela m'était égal : je n'en demandais pas tant.

Le lendemain, Christa annonça à mes parents :

– Et hier, à la soirée, Blanche a reçu son premier patin !

Ils me regardèrent avec incrédulité. Rageuse, je me tus.

– C'est vrai, Christa ? demanda ma mère.

– Puisque je l'ai vu !

– Et il était comment, le garçon ? interrogea mon père.

72

– Il était normal, dis-je sobrement.

– Le premier venu, quoi, commenta Christa.

– C'est très bien, ça, dit ma mère, l'air de trouver ce pedigree excellent.

– Oui, pour Blanche, c'est bien, approuva mon père.

Ils éclatèrent de rire tous les trois. Comme ils étaient heureux !

L'espace d'un instant, j'entrevis dans ma tête un article de la rubrique Faits divers : « Une jeune fille de seize ans massacre ses parents et sa meilleure amie. Elle refuse d'expliquer son geste. »

– Et alors, Blanche, ça t'a plu ? demanda ma mère.

– Ça ne te regarde pas, répondis-je.

– Mademoiselle a ses petits secrets, commenta Christa.

Nouvelle hilarité du trio.

– En tout cas, tu peux remercier Christa : c'est grâce à elle, ce qui t'arrive, dit l'auteur de mes jours.

L'entrefilet de journal se précisa dans mon esprit : « Une jeune fille de seize ans massacre sa meilleure amie, la cuisine en ragoût et la donne à manger à ses parents, qui meurent empoisonnés. »

Seule avec Antéchrista, je me surpris à lui parler sèchement :

– Tu es priée de ne plus raconter à mes vieux ce qui ne les concerne pas.

– Oh la la, mademoiselle...

– Parfaitement ! Et si tu n'es pas contente, tu n'as qu'à aller ailleurs.

– Du calme, Blanche ! Ça va, je ne dirai plus rien.

Étonnée, elle se tut.

Je le vécus comme une victoire confondante. Pourquoi ne lui avais-je pas parlé ainsi plus tôt ? Sans doute parce que j'avais peur de sortir de mes gonds. Or, je venais de me prouver que j'étais capable de la tenir à respect sans me mettre en colère. Je me souviendrais de cet exploit, que j'espérais rééditer.

Cet épisode héroïque me donna de la force pendant quelques jours. Au cours ou dans l'appartement, j'ignorais superbement l'intruse. Quand je l'observais à la dérobée, c'était pour me poser cette question : « Christa est-elle belle ou laide ? »

Mine de rien, c'était une sacrée interrogation, à telle enseigne que la réponse m'échappait. D'habitude, on ne doit pas réfléchir longtemps pour déterminer si quelqu'un est beau ou laid : cela se sait sans qu'il soit nécessaire de le formuler, et la clef des mystères d'une personne ne tient pas à cela. L'apparence n'est jamais qu'une énigme de plus, et pas la plus épineuse.

Le cas de Christa était particulier. Si elle avait un corps magnifique, il était impossible de se prononcer quant à son visage. Au début, elle s'imposait de si étincelante façon qu'elle occultait jusqu'à l'ombre du doute : elle était forcément la plus belle de l'univers, parce que ses yeux brillaient de mille feux, parce que son sourire éclaboussait, parce qu'une lumière insensée émanait d'elle, parce que l'humanité entière était amoureuse d'elle. Quand un être atteint un tel degré de séduction, personne ne peut imaginer qu'il n'est pas beau.

Sauf moi maintenant. Seule de mon espèce, j'avais droit à un secret que Christa, sans le savoir, me révélait chaque jour : le visage d'Antéchrista – le visage de celle qui, bien loin de chercher à plaire, me considérait comme moins que rien. Et je m'apercevais, quand elle

75

était en mon unique compagnie, qu'elle était méconnaissable : son regard vide ne cachait plus la petitesse de ses yeux délavés, son expression creuse montrait ses lèvres pincées, sa physionomie éteinte permettait de remarquer combien ses traits étaient lourds, combien son cou était disgracieux, combien son ovale manquait de finesse, combien son front étroit marquait les limites de sa joliesse et de son esprit.

En vérité, elle se conduisait avec moi comme une vieille épouse qui, en présence de son mari, ne se gêne plus pour se promener en bigoudis, infecte robe de chambre et air renfrogné, et qui garde pour autrui les boucles charmantes, les tenues flatteuses et les mines de chatte. Et je songeais avec amertume que l'époux de longue date, lui, pouvait au moins se consoler en pensant à l'époque où la délicieuse créature tentait de l'attirer ; moi, j'avais reçu deux sourires éphémères, point final – pourquoi se mettre en frais pour une gourde de mon espèce ?

Quand un tiers entrait, la métamorphose ne prenait pas une seconde, c'était spectaculaire. Aussitôt les yeux s'allumaient, les coins de la bouche remontaient, les traits éclairés s'allégeaient, aussitôt disparaissait la tronche d'Antéchrista pour laisser émerger, exquise, fraîche, disponible, idyllique, la jeune fille, l'archétype de la pucelle à peine éclose, à la fois délurée et fragile, cet idéal inventé par la civilisation pour se consoler de la laideur humaine.

L'équation s'énonçait ainsi : Christa était aussi belle qu'Antéchrista était hideuse. Ce dernier adjectif n'avait rien d'exagéré : hideux était ce masque de mépris qui m'était réservé, hideuse sa signification – tu n'es rien, tu ne me mérites pas, estime-toi heureuse de me servir de faire-valoir social et de paillasson de chambrée.

Il devait y avoir dans son âme un interrupteur qui permettait de passer de Christa à Antéchrista. Le commutateur n'avait pas de position intermédiaire. Et moi de me demander s'il y avait un dénominateur commun entre celle qui était *on* et celle qui était *off*.

Les week-ends étaient mes libérations. Je vivais dans l'attente du Graal hebdomadaire : le vendredi soir, quand l'intrigante retournait à Malmédy.

Je me couchais sur le lit qui redevenait le mien. Je redécouvrais le plus grand luxe de cette planète : une chambre à soi. Un lieu où l'on jouit d'une paix royale. Flaubert avait besoin d'un gueuloir ; moi, je ne pouvais vivre sans un rêvoir – une pièce où il n'y avait rien ni personne, aucun obstacle au vagabondage infini de l'esprit, où l'unique décor était la fenêtre – quand une chambre a une fenêtre, c'est qu'on a sa part de ciel. Pourquoi vouloir autre chose ?

J'avais disposé mon lit – celui dont s'était emparée Christa – de manière à voir le ciel. Je restais allongée pendant des heures, le nez incliné à l'oblique, à contempler mon lot de nuages et d'azur. L'intruse qui avait pris possession de ma couche ne regardait jamais vers la fenêtre : elle m'avait volé en pure perte mon bien le plus précieux.

Je serais ingrate en niant que Christa m'avait mieux enseigné la valeur de ce dont elle me privait : la solitude choisie, le silence, le droit de lire des après-midi entiers sans entendre parler de Marie-Rose et de Jean-Michel, l'ivresse d'écouter l'absence de bruit, à plus forte raison l'absence de rock allemand.

Je reconnaissais volontiers ma dette à cet égard. Mais à présent que mon apprentissage était achevé, Christa ne pouvait-elle s'en aller ? Je promettais de ne pas oublier la leçon.

Du vendredi soir au dimanche soir, je ne quittais ma chambre que pour les raids indispensables vers la salle de bain ou la cuisine. Je restais peu au sein de cette dernière, emportant avec moi des nourritures faciles à manger au lit. Je voyais le moins possible ces traîtres qu'étaient mes parents.

Je les entendais s'inquiéter : « Cette petite ne vit pas quand son amie n'est pas là ! »

En vérité, je ne vivais que quand elle n'était pas là. Il suffisait que je sente sa présence, pas même à côté de moi – il suffisait que je la sente dans un rayon de cent mètres, qu'elle soit visible ou non, peu importait : savoir qu'elle était là me coulait du béton sur le corps jusqu'à m'asphyxier. J'avais beau me raisonner, me dire : « Elle est dans la salle de bain, elle en a pour longtemps : tu es libre, c'est comme si elle n'était pas là », l'impact de Christa était plus fort que cette logique.

– Quel est ton mot préféré en français ? me demanda-t-elle un jour.

Les questions de Christa étaient de fausses questions. Elle me les posait dans l'unique but que je les lui pose en retour : interroger était l'un des moyens privilégiés de sa perpétuelle autopromotion.

Consciente qu'elle n'écouterait pas ma réponse, docile cependant, je dis :

– Archée. Et toi ?

– Équité, répondit-elle en détachant les syllabes, comme quelqu'un qui a trouvé quelque chose. Tu vois, nos choix sont révélateurs : toi, c'est un mot pour le simple amour du mot ; moi qui viens d'un milieu défavorisé, c'est une notion qui a valeur d'engagement.

– Bien sûr, commentai-je en pensant que si le ridicule tuait, l'intruse eût disparu depuis longtemps.

Au moins étais-je d'accord sur un point : nos choix étaient significatifs. Le sien dégoulinait de bons sentiments : il n'exprimait aucun amour du langage en effet, mais un besoin éperdu de se faire valoir.

Je connaissais assez Christa pour savoir qu'elle ignorait le sens du mot « archée » : elle serait morte, cependant, plutôt que de me le demander. C'était pourtant le mot le plus simple : l'archée est la portée d'un arc, comme l'enjambée est la portée d'une jambe et la foulée la portée d'un pas. Aucun mot n'avait autant le pouvoir de me faire rêver : il contenait l'arc tendu à se rompre, la flèche, et surtout le moment sublime de la détente, le jaillissement du trait au travers de l'air, la tension vers l'infini, et déjà la défaite chevaleresque puisque, malgré le désir de l'arc, sa portée sera finie, mesurable, impulsion vitale interrompue en plein vol. L'archée, c'était l'élan par excellence, de la naissance à la mort, la pure énergie brûlée en un instant.

J'inventai aussitôt le mot « christée » : la portée de Christa. La christée désignait le périmètre que la présence de Christa était capable d'empoisonner. La christée était vaste de plusieurs archées. Il existait une notion plus large que la christée : c'était l'antéchristée, cercle maudit où je vivais cinq jours par semaine, de circonférence exponentielle, car Antéchrista gagnait du terrain à vue d'œil, ma chambre, mon lit, mes parents, mon âme.

Le dimanche soir, reprenait le joug : mon père et ma mère accueillaient avec effusion

« celle qui nous avait tant manqué » et j'étais expropriée.

Quand venait le moment d'éteindre les feux, il y avait deux possibilités ; soit Christa me regardait avec lassitude et me disait, exaspérée : « Ça va, je suis pas forcée de tout te raconter » – alors que je ne lui avais rien demandé ; soit, ce qui était pire, elle me racontait tout – alors que je ne le lui avais pas davantage demandé.

Dans le second cas, j'avais droit à des récits interminables sur le bar de Malmédy où elle travaillait, sur ses moindres conversations avec Jean-Michel, Gunther et les autres clients dont je me souciais comme d'une guigne.

Elle ne devenait intéressante que quand elle parlait du sujet qui me passionnait en secret : Detlev. Je m'étais bâti une mythologie autour de ce garçon que j'imaginais semblable à David Bowie à dix-huit ans. Comme il devait être beau ! Detlev devait être l'homme idéal : je ne pouvais être amoureuse que de lui.

J'avais demandé à Christa de me montrer une photo de lui.

– Je n'en ai pas. C'est nul, les photos, avait-elle répondu.

J'avais jugé ce propos étrange dans la bouche d'une fille qui avait tapissé les murs de ma chambre de posters à l'effigie de ses idoles. Sans doute voulait-elle garder Detlev pour elle.

Par la parole, elle était moins exclusive, mais je trouvais qu'elle parlait mal de lui : elle n'avait pas l'air de comprendre que c'était un sujet sacré. Elle racontait à quelle heure ils s'étaient levés et ce qu'ils avaient mangé ; elle ne méritait pas Detlev.

Désormais, Christa m'emmenait souvent à des soirées étudiantes. Elles se déroulaient toujours de la même façon et à chaque fois le miracle se reproduisait : un type normal et quelconque voulait bien de moi.

Cela ne dépassait jamais le stade du baiser. Quand les choses auraient pu dégénérer, Christa me disait qu'il était temps de partir et je ne discutais jamais. Je devais avouer que son attitude tyrannique m'arrangeait : en vérité, j'étais incapable de savoir si j'avais envie ou non d'aller plus loin. C'était aussi confus dans ma tête que dans mon corps.

Mais pour le bécotage, j'étais toujours partante. Cette activité me fascinait. Ce contact m'émerveillait qui permettait de ne pas se parler et cependant d'avoir de l'autre une connaissance singulière.

Tous embrassaient mal et pourtant, aucun n'embrassait mal à l'identique. Pour ma part, je ne savais pas qu'ils embrassaient mal ; je croyais normal de sortir d'un baiser le nez aussi trempé qu'après la pluie ou la bouche sèche d'avoir été trop bue. Au pays du patin, les mœurs indigènes ne me choquaient jamais.

Sur un carnet mental, je notais des litanies de prénoms : Renaud – Alain – Marc – Pierre – Thierry – Didier – Miguel... C'était la liste édifiante des garçons qui n'avaient pas remarqué que je souffrais de mille handicaps rédhibitoires. Je suis sûre qu'aucun d'entre eux n'a gardé de moi le moindre souvenir. Pourtant, s'ils savaient ce qu'ils avaient représenté ! Chacun, par son comportement banal et insignifiant, m'avait laissé croire, l'espace d'un baiser, que j'étais possible.

Ce n'est pas qu'ils étaient galants, affectueux, attentionnés ni même polis. À l'un d'entre eux – lequel ? ils étaient tellement interchangeables – je ne pus m'empêcher de poser la question qui m'obsédait :

– Pourquoi tu m'embrasses ?

Il répondit en haussant les épaules :

– Parce que tu n'es pas plus moche qu'une autre.

J'en connais plus d'une qui eût giflé le mufle. Quant à moi, j'y vis un compliment fantastique : « pas plus moche qu'une autre », c'était mieux que je n'eusse osé espérer dans mes rêves les plus fous.

– Tu as vraiment la vie amoureuse la plus nulle du monde, me dit Christa après une soirée.

– Oui, répondis-je, docile.

Je pensais le contraire : du fond de mes complexes délirants, je trouvais que ce qui m'arrivait était incroyable. Cendrillon quittant le bal à minuit n'avait pas le cœur aussi chaviré que le mien : j'étais une citrouille comblée.

J'avais beau cacher ma joie, Christa la sentait et s'appliquait à la détruire.

– Au fond, tu es une fille facile : je ne t'ai jamais vue refuser un type, me dit-elle.

– Pour ce que je fais avec eux ! remarquai-je très justement.

– Comment peux-tu te contenter de si peu ?

Je ne pouvais pas lui répondre qu'à moi, cela me paraissait déjà fabuleux. Alors je dis :

– Peut-être parce que je ne suis pas une fille facile, en fin de compte.

– Si, si. Tu es une fille facile. Tu ne peux pas te permettre de jouer les filles difficiles.

– Ah bon ?

– Sinon, tu n'aurais personne.

Je n'en revenais pas de ce qu'elle avait besoin de me jeter à la figure.

– Un jour, il faudra que tu sautes le pas. Seize ans et toujours vierge, quelle honte !

Le moins que l'on pût dire, c'était que l'attitude de Christa envers moi était contradictoire. C'était toujours elle qui venait m'arracher aux bras du garçon quand les choses se corsaient et, pourtant, elle ne perdait pas une occasion de stigmatiser mon pucelage scandaleux. J'étais incapable de me défendre car je ne réussissais pas à savoir ce dont j'avais envie. Sans Christa, eussé-je été consentante, oui ou non ? J'étais dans le noir.

Des désirs, je n'en manquais pas : j'en ressentais qui étaient vastes comme le ciel. Mais que désirais-je ? Je n'en avais aucune idée. J'essayais d'imaginer, avec ces garçons, les gestes de l'amour physique : était-ce ce que je voulais ? Comment le savoir ? J'étais une aveugle au pays des couleurs. De ces actes inconnus, peut-être n'avais-je que de la curiosité.

– Tu ne peux pas comparer ton cas au mien, ajoutai-je. Toi, tu as Detlev.

– Prends-en de la graine et trouve-toi un type sérieux, au lieu de batifoler avec n'importe qui.

Un type sérieux : elle en avait de bonnes. Pourquoi pas le prince charmant, tant qu'on y était ? Et puis, qu'avait-elle contre n'importe qui ? Moi, n'importe qui, je l'aimais bien. Moi aussi, j'étais n'importe qui.

Elle dut sentir que je ruminais de sourdes paroles car elle enchaîna :

– Tu entends ce que je te dis, Blanche ?

– Oui. Merci de tes conseils, Christa.

Mes remerciements ne lui parurent pas déplacés. La seule attitude dont j'étais capable, face à l'intruse, était la soumission absolue. Heureusement, en moi, je ne m'écrasais pas. Et les sarcasmes d'Antéchrista n'atténuaient en rien mon ivresse d'avoir été embrassée par le premier venu : mes pauvres bonheurs étaient une forteresse imprenable.

Au moins ne racontait-elle plus mes frasques à mes parents : c'était mon unique victoire.

Je m'en voulais parfois de ne pas aimer Christa : à l'université, si j'existais, c'était bien grâce à elle. La plupart des étudiants persistaient à ignorer mon prénom et m'appelaient « l'amie de Christa » ou « la copine à Christa ». C'était mieux que rien. Comme j'avais un semblant d'identité, on daignait parfois m'adresser la parole :

– Tu n'as pas vu Christa ? me demandait-on.

J'étais le satellite d'Antéchrista.

Je me pris à rêver d'adultère : en cours, je cherchai une fille aussi larguée que moi.

Une certaine Sabine me parut convenir. Je me reconnaissais en elle : elle véhiculait un tel malaise qu'elle était toujours seule, car personne ne voulait partager sa gêne. Elle regardait les autres avec des airs implorants de chat affamé ; personne ne la voyait. Je m'en voulus aussitôt de ne jamais lui avoir adressé la parole.

En vérité, les êtres comme Sabine et moi étaient coupables : au lieu d'aller vers leurs semblables et de se réconforter mutuellement, ils aimaient au-dessus de leurs moyens – il leur fallait des individus à mille lieues de leurs complexes, il leur fallait des Christa, des personnalités séduisantes et rayonnantes. Et ils s'étonnaient ensuite que leurs amitiés se portent mal, comme si ça pouvait marcher, une panthère avec une souris, un requin avec une sardine.

Je décidai d'aimer en fonction de mon petit volume. La souris alla parler à la sardine :

– Salut, Sabine. Tu n'as pas les notes du dernier cours ? Il y a des trucs qui me manquent.

Air effaré du menu fretin, yeux écarquillés. Je crus qu'elle m'avait mal entendue et répétai ma question. Elle secoua frénétiquement la tête pour dire non. J'insistai :

– Tu étais là, pourtant. Je t'ai vue.

Sabine parut au bord des larmes. Je l'avais vue ? C'était plus qu'elle n'en pouvait supporter.

Je compris que mon entrée en matière avait été maladroite. Je changeai d'attitude :

– Qu'est-ce qu'il est barbant, hein, Wilmots !

Je n'en pensais pas un mot : c'était l'un des meilleurs professeurs. Mais c'était pour sympathiser.

Sabine ferma douloureusement les yeux et mit une main sur son cœur : elle était en pleine crise de tachycardie. Je commençai à me demander si ce n'était pas par charité, en fin de compte, que personne ne lui adressait la parole.

J'eus la sottise de vouloir la secourir :

– Tu ne vas pas bien ? Tu as un problème ?

La sardine, dont les branchies palpitaient de terreur, réunit ses pauvres forces et gémit :

– Qu'est-ce que tu me veux ? Laisse-moi tranquille.

Voix geignarde d'enfant de douze ans. Ses yeux indignés m'avertirent que si je persistais dans mon agression, elle n'hésiterait pas à recourir aux grands moyens – elle troublerait l'eau de son fret, secouerait sa nageoire caudale, il n'y aurait pas de limites à l'ampleur de ses représailles.

Je m'en allai, perplexe. Au fond, si l'on voyait peu d'amitié entre les petits animaux, ce n'était pas pour rien. Je m'étais trompée en voyant en Sabine mon double : elle suppliait, certes, mais elle ne suppliait pas pour que l'on vînt, elle suppliait pour que l'on ne vînt pas. Le moindre contact lui était une torture.

« Drôle d'idée d'étudier les sciences politiques quand on est comme ça. Elle ferait mieux d'entrer au Carmel », pensai-je. À cet instant, je vis que Christa me regardait avec hilarité. Elle n'avait rien perdu de ma tentative d'adultère. Ses yeux me disaient de ne pas m'imaginer que j'allais pouvoir me passer d'elle.

90

En décembre, il y eut les partiels. Le nouveau mot d'ordre fut : « Fini de rire. Au travail ! » Il me sembla pourtant que je n'avais pas ri.

Christa ne se refusait aucune prétention. Nous avions un cours de philosophie générale qui était un peu son salon des Verdurin : elle y arborait des airs pénétrés pour bien montrer combien Kant lui parlait plus qu'à nous.

– La philosophie est ma patrie, déclarait-elle sans vergogne.

Je la prenais au mot. Après tout, elle était germanophone : c'était sûrement le meilleur moyen d'être de plain-pied avec l'univers de Schopenhauer et de Hegel. Sans doute lisait-elle Nietzsche dans le texte – certes, je ne l'avais jamais vue le faire, mais cela ne signifiait rien. Quand elle employait le terme allemand pour désigner telle notion existentielle, je frémissais : c'était plus profond comme ça.

La période des examens avait ceci de merveilleux que Christa n'imposait plus de musique dans la chambre : nous révisions nos cours en silence. Nous occupions chacune une moitié de la table de travail. Face à moi, je la regardais étudier. Son air de concentration extrême forçait mon admiration ; en comparaison, je me sentais dissipée.

Vint l'écrit de philosophie. L'épreuve durait quatre heures, au sortir desquelles Christa s'exclama :

– C'était passionnant.

Les autres examens étaient oraux. Christa y obtint des résultats très supérieurs aux miens. Il n'y avait là rien qui m'étonnât : elle était plus brillante que moi et elle parlait bien.

À l'oral, le professeur donnait la note au moment où l'étudiant sortait de son bureau. Pour avoir les résultats de l'écrit de philosophie, il fallut attendre deux semaines. Dès qu'ils furent affichés, Christa m'envoya les quérir. Elle me demanda de recopier aussi les notes des autres étudiants, ce qui était fastidieux vu que nous étions quatre-vingts : je n'osai pas protester.

En chemin, je fulminais : « Ce besoin d'être certaine qu'elle est la meilleure ! C'est d'un minable ! »

Arrivée devant les panneaux d'affichage, je regardai d'abord mon résultat. Hast : 18 sur 20. J'écarquillai les yeux : c'était bien plus que je n'en espérais. Ensuite, je cherchai le nom de Christa. Bildung : 14 sur 20. Je pouffai. On allait voir sa tête. J'accomplis ma mission et recopiai la liste des quatre-vingts. Je découvris ainsi que 18 sur 20 était la meilleure note et que j'étais la seule à l'avoir obtenue.

C'était trop beau pour être vrai. Il devait y avoir une erreur. Oui, sans aucun doute. Je fonçai au secrétariat : on me dit que le professeur Willems était dans son bureau. J'y courus.

Le professeur de philosophie me reçut avec agacement.

C'est pour contester un résultat, évidemment, bougonna-t-il en me voyant.

– En effet.

– Vous êtes mademoiselle comment ?

– Hast.

Willems regarda ses listes.

– Vous êtes gonflée, vous alors. 18 sur 20, ça ne vous suffit pas ?

– Au contraire. Je pense que vous vous êtes trompé en ma faveur.

– Et vous venez me déranger pour ça ? Vous êtes une idiote.

– C'est que... je pense que vous avez inversé deux résultats. N'auriez-vous pas interverti ma note avec celle de mademoiselle Bildung ?

– Je vois. J'ai affaire à une obsédée de la justice, dit-il en soupirant.

Il saisit une énorme liasse de copies et alla regarder à Hast et à Bildung.

– Non, il n'y a pas d'erreur, dit-il. Je donne 14 sur 20 quand on me restitue le cours par cœur et 18 sur 20 quand on a une opinion originale. À présent, foutez-moi le camp, ou j'inverse les résultats.

Je m'enfuis en jubilant.

Ma joie fut de courte durée. Comment allais-je apprendre ça à Christa ? Dans l'absolu, cette nouvelle n'avait aucune importance : nous avions la moyenne, c'était ce qui comptait. Mais je devinais que Christa n'allait pas apprécier. Il s'agissait de la philosophie, qui était « sa patrie ».

Quand elle m'aperçut, elle me demanda, l'air de ne pas y toucher :

– Alors ?

Je n'osai répondre et lui tendis le papier sur lequel j'avais recopié les quatre-vingts résultats. Elle me l'arracha des mains. Elle lut et changea de figure. Ce que je ressentis fut étrange : j'eus honte. Moi qui m'attendais à jouir de sa déception, j'en éprouvai une douleur véritable. Je m'apprêtais à la consoler quand elle expliqua :

– Ça prouve bien que ces systèmes de cotation n'ont aucune valeur. Tout le monde sait que je suis la meilleure en philosophie et que toi, tu manques de profondeur.

C'était énorme. Comment osait-elle ?

J'eus une idée perverse que je mis aussitôt à exécution. Je suggérai avec humilité :

– Il doit y avoir une erreur. Si ça se trouve, Willems a interverti nos résultats.

– Tu crois ?

– Il paraît que ça arrive...

– Va voir Willems et demande-lui.

– Non. Il vaut mieux que ce soit toi qui y ailles. Tu comprends, ce serait absurde que ce soit moi qui proteste en ma défaveur. Connaissant Willems, ça pourrait l'énerver.

– Mm.

Elle n'osa pas me dire qu'elle irait le voir. Elle affecta d'être au-dessus de ces contingences.

Je ris dans ma moustache en songeant à l'humiliation qu'elle allait vivre.

Deux heures plus tard, l'air furibard, elle vint me dire :

– Tu t'es bien fichue de ma gueule !

– De quoi parles-tu ?

– Willems m'a raconté que tu étais passée dans son bureau !

– Ah bon ? Tu es allée le voir ? demandai-je avec ingénuité.

– Pourquoi m'as-tu joué ce sale tour ?

– Quelle importance ? Tout le monde sait que tu es la meilleure en philosophie et que je manque de profondeur. Ces systèmes de cotation n'ont aucune valeur. Je ne comprends pas pourquoi ça te soucie.

– Pauvre fille !

Elle s'en alla en claquant la porte de la chambre.

J'entendis la voix de mon père :

– Il y a quelque chose qui ne va pas ?

De quoi se mêlait-il, celui-là ?

– C'est rien, répondit Christa. Blanche se fait mousser parce qu'elle a eu la meilleure note en philosophie.

– Oh, c'est petit ! dit ma mère.

Il valait mieux entendre ça que d'être sourde.

Les examens partiels étaient finis. Le lendemain, Christa partit passer Noël parmi les siens. Elle ne laissa ni adresse ni numéro de téléphone.

— Pourvu qu'elle nous revienne ! soupira mon père.

— Elle reviendra. Elle a laissé la moitié de ses affaires, dis-je.

— Elle est au-dessus de ça, commenta ma mère. Ce n'est pas comme toi. Elle, elle a eu de meilleurs résultats que toi dans toutes les matières et elle n'en a tiré aucune gloire. Et toi, tu te vantes pour la philosophie !

C'était la meilleure ! Je ne tentai pas de leur expliquer le fin mot de cette affaire. J'en avais pris mon parti : quoi que je dise, mes parents donneraient raison à sainte Christa.

Je savais qu'Antéchrista reviendrait. Non tant pour ses affaires que pour nous. Elle n'avait pas fini de nous piller. Je ne savais ce qu'il restait à prendre sur nos squelettes mais elle, elle le savait.

Deux semaines sans elle : Byzance ! Je m'émerveillai de la longue paix qui s'étalait à mes pieds.

Mes parents geignaient comme des adolescents.

– Les fêtes, c'est nul. On est obligés d'être joyeux. Dire qu'il va falloir rendre visite à tante Ursule !

Je les sermonnai :

– Allons, elle est marrante, tante Ursule, elle dit toujours des horreurs !

– Toi alors, on croirait que tu n'es pas jeune. Les jeunes détestent Noël !

– C'est bien ce qui vous trompe. Christa adore, elle est pour ainsi dire allemande et en tant que telle, elle vénère son Weihnachten. Et je vous rappelle que vu son prénom, c'est sa fête.

– C'est vrai ! Et nous ne pourrons même pas la lui souhaiter. Elle est partie si fâchée ! Blanche, si tu obtiens à nouveau de meilleurs résultats qu'elle, évite de t'en réjouir. Elle vient d'un milieu défavorisé, elle a un complexe social...

Je bouchai mentalement mes oreilles à ces sempiternelles sottises.

Tante Ursule était notre seule famille. Elle habitait dans une résidence pour le troisième âge. Son emploi du temps consistait à tyranniser le personnel et à commenter l'actualité. Mes parents s'imposaient de la voir une fois par an.

– Vous avez des mines de déterrés, tous les trois ! s'exclama la vieille en nous recevant.

– C'est parce que Christa nous manque, dis-je, trouvant piquant de guetter les réactions de la tante à ce sujet.

– Qui est Christa ?

Mon père, les larmes aux yeux, évoqua cette jeune fille admirable qui vivait désormais avec nous.

– C'est ta maîtresse ?

Ma mère s'offusqua : Christa avait seize ans comme Blanche, ils la tenaient pour leur fille.

– Elle vous paie un loyer, au moins ?

Mon père expliqua à tante Ursule que c'était une jeune fille pauvre et qu'on la logeait pour rien.

– Futée, la gosse ! Elle a trouvé de bonnes poires !

– Voyons, tante Ursule, cette petite venait de loin, des cantons de l'Est...

– Comment ? C'est une Allemande, en plus ? Vous n'êtes pas dégoûtés ?

Protestations outrées. De telles considérations n'étaient plus à l'ordre du jour, tante Ursule ! Les choses ont changé depuis ta jeunesse ! D'ailleurs, les cantons de l'Est sont belges.

Je buvais du petit-lait.

Quand nous quittâmes enfin la vieille, mes parents étaient décomposés.

– Nous ne dirons pas un mot de cette visite à Christa, n'est-ce pas ?

Non, certes. Quel dommage !

Le soir même, c'était le réveillon. Comme nous n'étions pas croyants, nous ne célébrâmes rien. Nous bûmes du vin chaud, pour le plaisir. Mon père renifla longuement son verre avant de dire :

– Elle est sûrement en train d'en boire, elle aussi.

– Tu as raison, remarqua ma mère. C'est très allemand.

Je notai qu'il n'était plus nécessaire de préciser qui était « elle ».

Mon père et ma mère tenaient leur verre entre leurs mains, comme s'ils le chérissaient. Les yeux fermés, ils en humèrent le parfum. Je sus qu'à travers les odeurs de cannelle, de clou de girofle, de zestes et de muscade, ils sentaient Christa – et s'ils avaient baissé leurs paupières, c'était pour s'en servir en guise d'écran, sur lequel ils voyaient la jeune fille parmi les siens, chantant des lieder de Weihnachten près d'un piano, regardant tomber par la fenêtre les flocons de neige de sa province lointaine.

Que ces images fussent convenues importait peu. Je me demandais comment Christa avait procédé pour prendre à ce point possession de l'âme de mes parents et, accessoirement, de la mienne.

Car j'avais beau la détester, elle me hantait. Partout en moi, je me heurtais à sa présence. J'étais pire que les auteurs de mes jours : eux au moins s'étaient laissé envahir par celle qu'ils aimaient.

Si seulement je pouvais l'aimer ! J'aurais alors le réconfort de penser que cette mésaventure m'était arrivée pour un noble sentiment. Mon exécration n'en était d'ailleurs pas si éloignée : je voulais aimer Christa et, parfois, je me sentais au bord de ce gouffre de grâce ou de perdition au fond duquel j'aurais trouvé le moyen de l'aimer. Quelque chose me retenait d'y choir que j'avais du mal à identifier : l'esprit critique ? la lucidité ? Ou était-ce la simple sécheresse de mon cœur ? Ou la jalousie ?

Je n'aurais pas voulu être Christa mais j'aurais voulu être aimée comme elle l'était. J'aurais donné sans hésiter le reste de ma vie pour voir s'allumer pour moi, dans l'œil de quiconque, fût-ce le dernier des derniers, cette faiblesse et cette force, cet abandon, cette capitulation, cette résignation heureuse à l'adoration absurde.

Ainsi, en son absence, la nuit de Noël fut celle d'Antéchrista.

Elle nous revint début janvier. La joie de mes parents fit peine à voir.

– C'est le jour de la galette des rois ! annonça-t-elle en tendant un paquet acheté dans une pâtisserie.

Le manteau de Christa fut enlevé, sa bonne mine fut complimentée, ses joues furent embrassées, ses deux semaines d'absence furent déplorées et son gâteau fut disposé sur la table en grande pompe, auprès des couronnes en carton doré.

– Quelle jolie idée ! s'écria ma mère. Nous ne pensons jamais à tirer les rois.

La jeune fille découpa en quatre la petite galette. Chacun mangea sa part avec circonspection.

– Ce n'est pas moi qui ai eu la fève, dit Christa en avalant sa dernière bouchée.

– Moi non plus, remarqua mon père.

– Ce doit être Blanche, alors, déclara ma mère qui ne l'avait pas eue non plus.

Tous les yeux se tournèrent vers moi qui mâchais mon ultime morceau.

– Non, je ne l'ai pas eue, articulai-je, me sentant déjà en faute.

– Enfin, ce ne peut être que toi ! s'emporta mon père.

– Aurais-je acheté une galette sans fève ? s'étonna Christa.

– Bien sûr que non ! s'énerva ma mère. Blanche mange trop vite, elle aura avalé la fève sans s'en rendre compte.

– Si je mange si vite, comment expliques-tu que j'aie été la dernière à finir ma part ?

– Ça ne signifie rien, tu as une bouche microscopique ! Quand même, tu aurais pu faire attention, non ? L'attention de Christa était si gentille, et tu l'as gâchée !

– C'est extraordinaire. Si quelqu'un a avalé la fève, pourquoi décrètes-tu que c'est moi ? Ce pourrait être toi, ou papa, ou Christa, non ?

– Christa est beaucoup trop délicate pour avaler une fève sans la remarquer ! rugit maman.

– Tandis que moi, rustre comme je suis, j'avale des soldats de plomb à longueur de journée ! Si je suis comme ça, peut-être que ça me vient de mes parents. Donc, la fève aurait aussi bien pu être avalée par papa ou toi !

104

– Allons, Blanche, arrête cette querelle ridicule ! intervint Christa d'une voix pacificatrice.

– Comme si c'était moi qui l'avais commencée !

– Christa a raison, dit mon père. Arrête, Blanche, cette histoire n'a aucune importance.

– De toute façon, c'est Christa, notre reine ! déclara ma mère.

Et elle prit une couronne et la posa sur la tête de la jeune fille.

C'est un peu fort ! commentai-je. Si personne ne doute que c'est moi qui ai avalé la fève par erreur, alors c'est moi qui mérite le titre.

– Allons, je te donne ma couronne, puisque tu en as tellement envie, dit Christa, les yeux au ciel – et, avec un soupir agacé, elle joignit le geste à la parole.

Ma mère attrapa le poignet de la jeune fille et lui replaça la couronne sur la tête.

– Il n'en est pas question, Christa ! Tu es trop gentille ! C'est toi la reine !

– Mais Blanche a raison, ce n'est pas juste ! dit Christa, affectant de vouloir me défendre.

– Que tu es magnanime, admira mon père. N'entre pas dans le jeu de Blanche, elle est grotesque.

– Puis-je vous rappeler que c'est maman qui a déclenché cette histoire ? demandai-je.

– Ça va, Blanche, on t'a vue ! coupa ma mère excédée. Quel âge as-tu ?

J'entrevis ce titre dans la rubrique Chiens écrasés : « Une jeune fille de seize ans massacre ses parents et sa meilleure amie avec un couteau de cuisine pour une curieuse affaire de galette des rois. »

Christa prit le ton sacrificiel de celle qui voulait détendre l'atmosphère :

– Puisque je suis la reine, il me faut un roi. Je choisis François !

Et elle posa l'autre couronne sur la tête de mon père qui s'extasia :

– Oh, merci, Christa !

– Quelle surprise ! C'est vrai qu'il y avait l'embarras du choix ! grinçai-je.

– Que tu as mauvais esprit ! dit la jeune fille.

– Ne lui accorde aucune attention, enchaîna ma mère. Tu vois bien qu'elle est verte de jalousie.

– C'est bizarre, observai-je. Quand tu parles de Christa en sa présence, tu dis Christa. Quand tu parles de moi en ma présence, tu dis elle.

– Tu as un problème, tu sais, me sortit mon père en secouant la tête.

106

– Êtes-vous sûrs que c'est moi qui ai un problème ? interrogeai-je.

– Oui, répondit ma mère.

L'adolescente se leva et, christique à souhait,
vint m'embrasser :

– On t'aime, Blanche, dit-elle en souriant.

Mes parents applaudirent ce charmant tableau. Je regrettai que le ridicule ne tuât pas.

Puisque l'armistice avait officiellement eu
lieu, la fête improvisée se poursuivit sans
encombre. Jamais épiphanie ne porta aussi mal
son nom. Mes géniteurs et moi, nous étions la
procession des trois crétins venus désigner celle
qui se prétendait leur rédemptrice. J'étais
effarée de constater à quel point les valeurs
étaient inversées. Comme le rôle du Christ était
joué par Antéchrista, j'étais forcément Bal-
thazar, le Roi noir, puisque je m'appelais
Blanche.

Dans la tradition chrétienne, si l'un des trois
rois est noir, c'est pour montrer jusqu'où peut
aller l'indulgence du Messie. Mon cas était
pareil : Antéchrista daignait être célébrée par
Blanche, cette créature de seconde zone.
J'eusse dû pleurer de joie de cette condescen-
dance sublime : je n'avais envie que de pleurer
de rire.

Il fallait voir Gaspard et Melchior distribuant leurs offrandes : l'or de leur tendresse niaise, la myrrhe de leurs effusions et l'encens de leur admiration pour la responsable de cette imposture.

Selon saint Jean, la venue de l'Antéchrist sera le prélude de la fin du monde.

Pas de doute : l'Apocalypse était proche.

L'année se poursuivit aussi mal qu'elle avait débuté. Antéchrista ne cessait d'étendre son règne. Rien ne lui résistait : à l'université, à la maison, les êtres et les choses voyaient en elle leur souveraine.

Il n'y avait pas de limites à ma destitution. Dans ma chambre, Christa avait pris possession de la quasi-totalité de l'armoire : mes affaires avaient été reléguées dans le tiroir des chaussettes qui était mon dernier fief.

Cela ne suffisait pas au besoin d'expansion territoriale de ma tortionnaire : le lit pliant, qui était désormais celui où j'avais encore le droit de dormir, était continuellement recouvert d'un fatras de vêtements antéchristiques.

Mes parents furent pris de la fièvre de recevoir. Ils retrouvèrent dans d'antédiluviens carnets d'adresses des amis qu'ils eurent soudain le besoin pressant d'inviter à dîner. Tous les prétextes étaient bons pour présenter Christa aux foules. Trois soirs par semaine, l'appartement que j'avais connu si merveilleusement silencieux était encombré d'individus bruyants qui s'incrustaient et à qui les auteurs de mes jours vantaient les vertus innombrables d'Antéchrista.

Celle-ci, arborant le plus modeste de ses sourires, jouait la jeune fille de la maison, demandait à chacun ce qu'il souhaitait boire et passait avec le plateau de zakouski. Les gens n'avaient d'yeux que pour cette exquise créature.

Parfois, il se trouvait un ahuri pour me voir et pour demander distraitement qui était l'autre adolescente.

– C'est Blanche, voyons ! répondaient les hôtes avec humeur.

Les invités n'avaient aucune idée de qui j'étais et s'en fichaient pas mal. Peut-être avaient-ils reçu, seize années plus tôt, un faire-part de naissance qu'ils s'étaient hâtés de jeter à la poubelle.

C'était comme si mes parents, en promotionnant Christa, se promotionnaient eux-mêmes.

Ils se glorifiaient d'héberger cet être juvénile, beau, séduisant, irrésistible : « Si elle accepte de vivre avec nous, c'est que nous ne sommes pas n'importe qui. » S'ils tenaient salon, c'est qu'ils avaient désormais quelqu'un à montrer.

Je n'en éprouvais pas d'amertume. Je le savais, je n'étais pas le genre d'enfant dont on peut tirer orgueil. Cette situation ne m'eût pas dérangée si, en tête à tête avec moi, Antéchrista n'avait eu le triomphe aussi arrogant. Je n'en revenais pas qu'une fille d'une telle habileté fût si peu subtile :

– Tu as remarqué ? Les amis de tes parents m'adorent.

Ou encore :

– Les invités croient que je suis la fille de tes parents. Toi, ils ne te voient pas.

Je ne réagissais pas à ces provocations.

Le sommet me parut atteint quand elle me déclara :

– Pourquoi tes parents parlent-ils tant pendant ces dîners ? C'est à peine si je peux en placer une. Déjà qu'ils se servent de moi pour se rendre intéressants !

Un instant sidérée, j'eus cette réaction :

– C'est intolérable. Tu devrais t'en plaindre auprès d'eux.

– Ne sois pas idiote, Blanche. Tu sais bien que la politesse me l'interdit. Si tes vieux étaient des gens raffinés, ils le comprendraient, tu ne trouves pas ?

Je ne répondis rien.

Comment osait-elle me dire cette énormité ? N'avait-elle pas peur que je la répète à mon père ou à ma mère ? Sûrement pas : elle savait qu'ils ne me croiraient pas.

Ainsi, Christa méprisait ses bienfaiteurs. J'eusse dû m'en douter mais, avant cette déclaration, je n'avais rien vu. Cette découverte acheva de déverrouiller ma haine.

Jusqu'ici, je ne m'étais pas avoué franchement mon exécration. J'avais conservé une part de honte vis-à-vis d'elle. Je me disais qu'à part moi, tous adoraient Christa : ce devait donc être ma faute si je ne parvenais pas à l'aimer. C'était à cause de ma jalousie et de mon manque d'expérience ; si j'avais été plus habituée aux relations humaines, les étranges manières de la jeune fille m'eussent peut-être moins scanda-lisée. Je n'avais qu'à apprendre la tolérance.

À présent, je n'avais plus d'hésitation : Anté-christa était une ordure.

En dépit de leurs défauts, j'aimais mes parents. C'étaient de braves gens. Ils le prouvaient en aimant Christa : ils avaient tort de l'aimer et leur amour pour elle était entaché de mille faiblesses humaines, mais ils l'aimaient pour de vrai. Tout être qui aime est sauvé.

Il n'y avait rien pour sauver Christa. En définitive, qui aimait-elle ? D'emblée, je pouvais m'éliminer de la liste des possibles. J'avais cru qu'elle aimait les auteurs de mes jours, je savais désormais à quoi m'en tenir. Quant au fameux Detlev, vu la désinvolture avec laquelle elle se passait de lui, je ne la sentais pas si follement éprise. Il y avait aussi ses nombreuses relations de l'université, les types qu'elle appelait ses amis : je n'étais pas davantage convaincue, tant ils semblaient ne servir qu'au culte de sa personnalité.

Je ne lui connaissais qu'un amour au-dessus de tout soupçon : elle-même. Elle s'aimait avec une rare sincérité. Je n'en revenais pas des déclarations qu'elle était capable de s'adresser, et ce au détour des conversations les plus saugrenues. Ainsi, un soir, sans qu'il fût le moins du monde question de botanique, elle me demanda :

– Aimes-tu les hortensias ?

Prise au dépourvu, je réfléchis à ces sympathiques bonnets de bain des jardins et répondis :

– Oui.

Elle triompha :

– J'en étais sûre ! Les êtres sans finesse adorent les hortensias ! Moi, vois-tu, j'en ai horreur. Je ne supporte que ce qui est fin, car je suis d'une finesse extrême. C'est un problème : je suis allergique à ce qui n'est pas fin. Pour les fleurs, je ne supporte que les orchidées et les désespoirs-du-peintre – où avais-je la tête, tu n'as certainement jamais entendu parler des désespoirs-du-peintre...

– Si, si, je connais.

– Ah ? Cela m'étonne. C'est la fleur qui me ressemble le plus. Si un peintre devait me représenter, il serait au désespoir tant il aurait du mal à rendre cette finesse qui me caractérise. Le désespoir-du-peintre est ma fleur préférée.

Comment en douter, ma chère Christa, puisque tu étais ta propre favorite ?

Un tel propos ne s'invente pas. C'était, à la lettre, ce qui s'appelle se lancer des fleurs. N'était-ce pas l'une d'entre elles, le narcisse, que l'on retrouve dans le mot désignant l'amour de soi ?

Lors de ce monologue déguisé en dialogue, j'avais dû lutter contre une profonde envie de rire. Christa, elle, était très loin de l'hilarité : il n'entrait aucune ironie, aucun second degré dans son discours. Elle parlait du sujet qui lui tenait le plus à cœur : l'amour, la passion, l'admiration, la ferveur – ces infinis sublimes que lui inspirait Mademoiselle Christa Bildung.

A priori, cette histoire m'avait paru comique. Quand elle était survenue, j'en étais encore à croire que la jeune fille aimait d'autres personnes. Le narcissisme ne me semblait pas condamnable si l'être qui s'adorait était capable aussi d'aimer ailleurs. Je découvrais à présent que l'amour était pour Antéchrista un phénomène purement réflexif : une flèche partant de soi en direction de soi. L'archée la plus petite du monde. Pouvait-on vivre à une portée aussi minuscule ?

C'était son problème. Le mien devenait d'ouvrir les yeux de mes parents. Il y allait de leur honneur : si elle se permettait de dire du mal d'eux en ma présence, que s'autorisait-elle en mon absence ? Je ne supportais pas que mon père et ma mère témoignent de tant de tendresse et de dévouement pour qui les méprisait.

114

En février, il y eut une semaine de vacances. Christa partit chez elle « profiter de la neige » – l'expression me parut digne d'elle : même de la neige, il fallait tirer profit.

C'était l'occasion d'agir.

Le lendemain du départ d'Antéchrista, j'annonçai à mes géniteurs que j'allais réviser chez des amis et que je serais de retour le soir. De grand matin, à la gare, j'achetai un billet pour Malmédy.

Certes, je n'avais pas l'adresse de Christa. Mais je voulais trouver le bar où elle travaillait avec Detlev. Dans une ville de dix mille habitants, il ne devait pas y avoir trente-six mille établissements de ce genre. J'emportais un appareil photo jetable.

À mesure que le train s'enfonçait vers les cantons de l'Est, je sentais croître mon excitation. Ce voyage était pour moi une expédition métaphysique. Jamais de ma vie je n'avais pris une telle initiative : partir seule pour un lieu inconnu. Je regardais mon aller avec fascination et je m'aperçus qu'il n'y avait pas d'accent aigu sur l'E de Malmédy, contrairement à la prononciation de mes parents et moi. Christa avait toujours dit Malmedy et non Malmédy : nous avions donc eu tort d'y voir une prononciation allemande.

L'orthographe donnait raison à Christa. Sans vouloir verser dans la psychanalyse de bazar, il était difficile de ne pas entendre le « mal me dit » contenu dans ce toponyme.

Il est vrai que ce raid ne me disait rien de bon. Il n'en était pas moins exact qu'il était indispensable. La situation n'était plus tolérable, je devais en savoir plus sur Antéchrista.

La neige, absente à Bruxelles, m'attendait à Malmedy. Il y avait quelque chose de grisant à quitter la gare et à se diriger complètement au hasard.

De métaphysique, mon expédition devint pataphysique. J'entrai dans tous les débits de boissons, je m'accoudai au zinc et demandai d'une voix solennelle :

– Est-ce que Detlev travaille ici ?

À chaque fois, on ouvrait des yeux étonnés pour me répondre qu'on n'avait jamais entendu ce nom-là.

Au début, cela me rassura : si ce prénom était rare, mes recherches en seraient facilitées. Après deux heures de tournée des estaminets, je commençai à m'inquiéter : peut-être Detlev n'existait-il pas.

Et si Christa l'avait inventé ?

Je me rappelai l'épisode au cours duquel ma mère avait appelé les renseignements pour obtenir le numéro de téléphone des Bildung : l'employée lui avait dit que personne n'était répertorié à ce nom dans la région. Nous en avions déduit qu'ils étaient trop pauvres pour être raccordés.

Et si Christa avait inventé sa famille ?

Non, ce n'était pas possible. Pour s'inscrire à l'université, il fallait montrer une carte d'identité. Elle s'appelait Bildung, c'était forcé. À moins qu'elle n'ait falsifié ses papiers.

Dans la petite ville germanique, la neige se transformait en boue noire. Je ne savais plus ce que j'étais venue y chercher. J'avais froid, je me sentais à des années-lumière de chez moi.

Rue par rue, j'écumai les bars ou établissements apparentés. Il y en avait un certain nombre. Les gens devaient avoir besoin de se changer les idées, dans ce bled dont le nom disait du mal.

J'arrivai devant un bouge qui était fermé. « On ouvre à dix-sept heures », était-il inscrit sur la porte. Cela ne m'arrangeait pas d'attendre si longtemps. Le lieu ne payait pas de mine, les probabilités étaient minces que ce fût celui-ci. Je voulais néanmoins en avoir le cœur net.

J'appuyai sur la sonnette. Rien. J'insistai et vis venir un gros blondasse qui avait l'air d'un cochon adolescent.

— Pardonnez-moi, dis-je, je voudrais parler à Detlev.

— C'est moi.

Je faillis tomber à la renverse.

— Vous êtes sûr que vous êtes Detlev ?

— Ben oui.

— Est-ce que Christa est là ?

— Non, elle est chez elle.

C'était donc vraiment lui ? C'était à mourir de rire. Je m'efforçai de n'en rien laisser paraître.

— Pourriez-vous me donner son adresse ? Je suis une amie, j'aimerais lui rendre visite.

Pas méfiant, le jeune porc alla chercher un bout de papier. Pendant qu'il y notait les coordonnées de Christa, je sortis l'appareil jetable et pris quelques photos de ce personnage légendaire. Il valait le détour, le David Bowie des cantons de l'Est. S'il ressemblait au chanteur aux yeux vairons, alors moi je ressemblais à la Belle au Bois Dormant.

– Vous me tirez le portrait ? demanda-t-il avec étonnement.

– Je prépare une surprise pour Christa.

Il me tendit la feuille avec un bon sourire. Ce devait être quelqu'un de gentil. Je pris congé en pensant qu'il aimait sûrement Christa. Quant à elle, si elle mentait tant sur le compte de son amoureux, c'est qu'elle avait honte de lui : c'est donc qu'elle ne l'aimait pas. S'il avait eu un physique plus avantageux, il aurait pu servir à la promotion sociale d'Antéchrista. Comme il était moche et gras, elle avait jugé habile de le cacher et de raconter des bobards à son sujet. C'était pitoyable.

Je constatai avec une satisfaction métaphysique que la rue de Christa était située dans Malmedy : j'avais besoin qu'elle habite ce lieu relié au mal.

Qu'elle ait menti en prétendant vivre dans un village ne m'étonnait pas : elle n'en était pas à un mensonge près et elle semblait avoir besoin de brouiller les pistes.

Je me demandai ce qu'elle pouvait avoir à taire. Pourquoi ce secret autour de son domicile ? Ma curiosité grandissait à mesure que je m'approchais de son quartier.

Je n'en crus pas mes yeux quand je vis la maison. Si la boîte aux lettres n'avait indiqué le nom de Bildung, j'eusse conclu à une erreur : c'était une demeure de notables, une belle grosse bâtisse du XIXᵉ siècle, le genre de foyer confortable dans lequel on imagine les bourgeois des romans de Bernanos.

Si ces gens n'étaient pas dans l'annuaire, c'était qu'ils figuraient sur la liste rouge. Il était facile de deviner qu'ils ne voulaient pas être dérangés par n'importe qui.

J'appuyai sur la sonnette. Une dame vêtue d'un cache-poussière vint m'ouvrir.

— Vous êtes la mère de Christa ?

— Non, je suis la femme à journée, répondit-elle, comme stupéfaite de ma confusion.

— Est-ce que le docteur Bildung est là ? hasardai-je.

— Il n'est pas docteur, il dirige les usines Bildung. Qui êtes-vous donc ?

— Une amie de Christa.

– Vous voulez parler à mademoiselle Christa ?

– Non, non. Je lui prépare une surprise.

Si je n'avais pas eu l'apparence d'une enfant, je crois que la dame eût appelé la police.

J'attendis que la femme à journée fût rentrée pour prendre en douce quelques photos de la maison.

Je retournai dans l'un des bars où j'étais allée et demandai à téléphoner. Près de l'appareil, je consultai les pages jaunes et lus : « Usines Bildung : phosphates, produits chimiques, agroalimentaire ». Des pollueurs à l'abri du besoin, en somme. Je recopiai ces renseignements ainsi que plusieurs coordonnées industrielles.

Pourquoi l'employée des renseignements avait-elle dit à ma mère qu'il n'y avait pas de famille Bildung dans le secteur ? Peut-être parce que, dans les régions où ils sont économiquement célèbres, certains noms cessent d'être des patronymes et deviennent des marques, un peu comme les Michelin à Clermont-Ferrand.

Plus rien ne me retenait dans la ville du mal. Je repris le train pour Bruxelles en pensant que je n'avais pas perdu ma journée. La neige effaçait le paysage.

Les photos furent développées le surlende-
main.

Au moment d'apprendre la vérité à mes
parents, j'eus honte. Mon rôle dans cette affaire
était détestable ; si je le jouais, ce n'était pas
parce que Christa avait menti – tous les mensonges ne sont pas répréhensibles – mais parce
que je ne voyais pas de limites à son besoin de
nous détruire.

Je réunis les auteurs de mes jours dans ce
qui avait été ma chambre et je racontai. Je mon-
trai les photos de la plantureuse maison des
Bildung.

– Tu es détective privé ? demanda mon père
avec mépris.

Je savais que ce serait moi qui serais mise
en cause.

– Je ne serais pas allée fouiner si elle n'avait
pas dit du mal de vous deux.

Ma mère semblait effondrée.

– C'est une homonyme, dit-elle. C'est une
autre Christa Bildung.

– Qui a pour amoureux un autre Detlev ?
Quelle coïncidence, répondis-je.

– Elle a peut-être un bon motif pour mentir, enchaîna mon père.

– Lequel ? demandai-je, en trouvant presque admirable ce besoin de justifier Christa.

– Nous lui poserons la question.

– Pour qu'elle mente encore ? interrogeai-je.

– Elle ne mentira plus.

– Pourquoi s'arrêterait-elle de mentir ? insistai-je.

– Parce qu'elle sera confrontée à la réalité.

– Et vous croyez que ça va la dissuader de mentir ? Je pense au contraire qu'elle mentira davantage.

– Elle a peut-être un complexe social, continua mon père. Ça arrive aussi chez les riches, on ne choisit pas de naître où l'on voudrait. Si elle le cache, c'est que ça lui pose problème. Son mensonge n'est pas si grave.

– Ça ne cadre pas avec Detlev, rétorquai-je. La seule chose qui rende Christa sympathique, c'est lui : un bon gros qui ne vient sûrement pas d'un milieu bourgeois. Si elle nous l'avait présenté pour ce qu'il était, je marcherais dans ton histoire de complexe social. Mais non, il a fallu qu'elle nous invente un preux chevalier beau, noble et ténébreux. Tu vois bien que

124

Christa ne cherche pas à donner une impression humble et modeste d'elle-même.

Et je tendis une photo du David Bowie belge. Mon père la regarda avec un sourire en coin. La réaction de ma mère fut singulière ; elle poussa un cri de dégoût en voyant Detlev et s'écria de la voix la plus indignée :

– Pourquoi nous a-t-elle fait ça ?

Et je sus que Christa avait perdu une alliée. Ainsi, aux yeux de ma mère, il était beaucoup plus grave d'avoir un amoureux au visage porcin que d'avoir tenté de nous apitoyer par des origines faussement prolétaires.

– Ses bobards sur ce garçon sont peut-être ridicules mais ce sont des gamineries, reprit mon père. Pour le reste, elle ne nous a peut-être pas tant menti : sans doute finance-t-elle ses propres études pour de vrai, afin de ne rien devoir à son patron de père. La preuve, c'est que son amoureux n'est pas un bourgeois.

– Ça ne l'empêche pas d'habiter chez ses parents, protestai-je.

– Elle n'a que seize ans. Elle est probablement très attachée à sa mère, à ses frères et sœurs.

– Plutôt que de nous bâtir des romans, si nous téléphonions à son père ? proposai-je.

Ma mère vit la réticence de son mari.

– Si tu n'appelles pas, j'appelle, dit-elle.

Quand mon père eut M. Bildung en ligne, il mit le haut-parleur.

– Vous êtes monsieur Hast, le père de Blanche, dit une voix glaciale. Je vois.

Nous ne savions pas ce que ce monsieur voyait. Au moins semblait-il au courant de notre existence, ce qui me parut étonnant, vu la désinformation que pratiquait sa fille.

– Je suis désolé de vous déranger à votre travail, bredouilla mon pauvre père très intimidé.

Ils échangèrent deux ou trois banalités. Ensuite, le patron des usines Bildung déclara :

– Écoutez, cher monsieur, je suis content que Christa loge chez vous, dans une famille. Par les temps qui courent, c'est plus rassurant que de la savoir seule et livrée à elle-même. Cependant, je trouve que vous abusez un peu de la situation. Le loyer que vous exigez est exorbitant. N'importe qui d'autre que moi refuserait de payer une telle somme pour un lit pliant dans une chambre de bonne. C'est uniquement parce que ma fille a tellement insisté. Elle adore Blanche, vous comprenez. Je sais, vous êtes enseignant et moi chef d'entreprise. Il ne faudrait pas pour autant que vous exagériez ; puisque vous m'en donnez l'occasion, je tiens à vous dire que je n'accepterai pas la hausse que vous nous avez imposée après Noël. Au revoir, monsieur.

Et il lui raccrocha au nez.

Mon père était blême. Ma mère éclata de rire. J'hésitai entre ces deux attitudes.

– Vous vous rendez compte de l'argent qu'elle a dû gagner grâce à nous ? demandai-je.

– Peut-être en a-t-elle besoin pour une raison qu'on ne connaît pas, dit l'auteur de mes jours.

– Tu t'obstines à la défendre ? m'offusquai-je.

– Après l'humiliation que tu viens de subir par sa faute ? insista ma mère.

– Nous n'avons pas toutes les pièces du puzzle, s'entêta-t-il. Il n'est pas impossible que Christa consacre cet argent à une association caritative.

– Ça t'est égal de passer pour un Thénardier ?

– Je persiste à refuser de la juger à la légère. Nous savons maintenant que cette petite avait le choix. Elle pouvait vivre où elle voulait. Or elle a tenu à habiter avec nous. Elle avait donc vraiment besoin de nous, qui n'avions pourtant rien de spécial à lui offrir. Ne serait-ce pas un appel au secours ?

Je n'étais pas sûre que c'en fût un. Il n'empêche que la question posée par mon père était fondée : pourquoi avait-elle élu notre minuscule cercle de famille ? L'argent facile n'avait pas dû être son unique motif.

L'attitude de mes parents ne fut pas sans m'inspirer de l'estime. On s'était spectaculairement moqué d'eux et, s'ils étaient déçus, ils réagissaient sans amertume. À aucun moment je ne les entendis s'indigner pour une question d'argent. Ma mère se sentait trahie à cause de la laideur de Detlev : c'était un comportement bizarre mais ce n'était pas petit. Quant à mon père, il poussait la grandeur d'âme jusqu'à vouloir comprendre ce qui motivait Christa.

La seule chose qui me dérangeait dans l'indulgence paternelle, c'était la conscience que je n'en aurais jamais bénéficié en pareil cas. Mes parents se conduisaient toujours comme si eux et moi avions tous les devoirs et les autres tous les droits, voire toutes les excuses. Si Christa avait fauté, il devait y avoir un mystère, une explication, des circonstances atténuantes, etc. Si j'avais été la coupable, je n'aurais récolté qu'une solide engueulade.

Ce genre de constat m'irritait quelque peu.

Il ne nous restait plus qu'à attendre le retour de l'enfant prodigue.

Nous ne parlions plus de Christa. Son nom était devenu tabou. Il y avait comme un accord tacite pour ne pas aborder le sujet sans qu'il fût là pour se défendre.

Je me demandais si Christa était au courant de ce qui s'était passé. C'était loin d'être certain. Si Detlev et la femme de ménage avaient le respect des surprises, ils pouvaient ne pas avoir parlé de ma visite à l'intéressée. Quant au sordide coup de téléphone, M. Bildung avait pu vouloir ménager sa fille en lui en épargnant le récit.

Mon père avait raison : il restait des zones d'ombre. La principale était de savoir quel était notre rôle dans cette affaire.

Pour ma part, je me posais aussi des questions sur l'énigme Detlev : pourquoi une fille prétentieuse et ambitieuse comme Christa avait-elle élu ce garçon ? Elle qui avait l'embarras du choix en matière de prétendants

avantageux se contentait d'un brave type ron-
douillard. C'est vrai, cela la rendait sympathique, mais précisément, sympathique ne me
paraissait pas l'adjectif qui convînt le mieux à
Christa. Je me perdais en conjectures.

Le dimanche soir débarqua l'enfant prodigue. Au premier regard, je compris qu'elle
ne savait rien. Je ressentis une gêne profonde
quand elle nous gratifia de ses effusions habi-
tuelles.

Mes parents ne tuèrent pas le veau gras. Ils
se mirent aussitôt à table.

– Christa, nous avons téléphoné à ton père.
Pourquoi nous as-tu menti ? demanda papa.

La jeune fille se figea. Silence.

– Pourquoi nous as-tu raconté ces bobards ?
insista-t-il gentiment.

– C'est de l'argent que vous voulez ? lança-
t-elle avec mépris.

– Nous voulons seulement la vérité.

– Il me semble que vous la connaissez. Que
voulez-vous de plus ?

– Nous voulons savoir pourquoi tu nous as
menti, répéta-t-il.

– Pour l'argent, dit-elle agressivement.

– Non : cet argent, il t'était facile de l'obtenir autrement. Alors pourquoi ?

Christa sembla dès lors opter pour une stratégie à la marquise d'O, ce qui, dans son cas, était pitoyable. Elle prit des airs offensés :

– Et moi qui avais confiance en vous ! Et vous, vous êtes allés fouiner bassement...

– N'inverse pas les rôles.

– Quand on aime quelqu'un, on se fie à lui jusqu'au bout ! clama-t-elle.

– Nous ne demandons que cela. C'est pourquoi nous voulons savoir pourquoi tu as menti.

– Vous ne comprenez rien ! s'emporta-t-elle. Se fier à quelqu'un jusqu'au bout, c'est précisément ne pas exiger de lui qu'il s'explique.

– Nous sommes ravis que tu aies lu Kleist. Mais nous qui ne sommes pas des gens aussi subtils que toi, nous avons besoin d'un supplément d'information.

Je n'en revenais pas du sang-froid de mon père : je ne l'avais jamais entendu parler ainsi.

– Ce n'est pas juste ! Vous êtes trois et je suis seule ! dit encore cette pauvre martyre.

– C'est ce que tu me fais subir chaque jour depuis que tu es là, intervins-je.

– Alors toi aussi ! me lança-t-elle sur le ton de César parlant à Brutus aux ides de Mars. Toi que je croyais mon amie ! Toi qui me dois tout !

Ce qui me frappa fut son air de sincérité. Elle était persuadée de la véracité de ses dires. Il y aurait eu bien des choses à répondre à tant d'énormités ; je préférai cependant la laisser s'enfoncer en me taisant, d'abord parce que c'était une méthode efficace, ensuite parce que son enlisement était un spectacle à savourer en silence.

– Si tu ne parviens pas à expliquer pourquoi tu as menti, dit mon père avec douceur, c'est peut-être que tu es mythomane. C'est une maladie fréquente, la pathologie du mensonge. Mentir pour mentir...

– N'importe quoi ! vociféra-t-elle.

J'étais sidérée de voir combien elle s'y prenait mal. Ignorait-elle donc qu'elle avait la partie facile ? Elle s'enferrait dans l'agressivité qui était la stratégie la plus bête. Mon père avait pour elle un tel attachement qu'elle eût pu alléguer les motifs les plus invraisemblables, il eût marché. Au lieu de quoi, elle brûlait ses bateaux en pure perte.

Ma mère n'avait pas prononcé une parole depuis le début de l'altercation. Je la connaissais assez pour savoir ce qui se passait dans sa tête : en surimpression du visage de Christa, elle voyait désormais la bouille de Detlev. Par conséquent, elle ne cessait de regarder la jeune fille avec consternation.

En un dernier sursaut de rage, Christa nous jeta en pleine figure :

– Tant pis pour vous, vous n'êtes que des idiots, vous ne me méritez pas ! Qui m'aime me suive !

Et elle fila dans ma chambre où personne ne la suivit.

Elle en sortit une demi-heure plus tard avec ses bagages. Nous n'avions pas bougé.

– Vous m'avez perdue ! clama-t-elle.

Elle claqua derrière elle la porte de l'appartement.

Mon père imposa le *statu quo*.

– Christa ne nous a rien expliqué, dit-il. Dans le doute, abstenons-nous de la juger. Comme ses motivations nous échappent, nous ne dirons aucun mal sur cette jeune fille.

Dès lors, il ne fut plus question d'elle entre nous.

Christa continuait à fréquenter l'université, où je l'ignorais superbement.

Un jour, s'étant assurée que personne ne pouvait nous voir, elle vint me parler.

– Detlev et la bonne m'ont raconté. C'est toi qui es venue fouiner.

Je la regardai avec froideur, sans rien dire.

– Tu m'as violée ! continua-t-elle. Tu as violé mon intimité, tu comprends ?

Toujours ce « tu comprends ? ».

Elle qui m'avait déshabillée de force, elle qui s'était moquée de ma nudité, c'était elle qui m'accusait de viol ?

Je gardai le silence en souriant.

– Qu'est-ce que tu attends pour aller cafter à tout le monde ? dit-elle encore. Je suis sûre que tu adorerais me salir auprès de mes amis et de ma famille !

– Ça, ce sont tes manières, Christa, pas les miennes.

Cette réponse eût dû la rassurer : elle avait de bonnes raisons d'avoir peur que je raconte la vérité à son père ou à sa bande. Découvrir que je n'y condescendrais pas ne lui fut cependant d'aucun réconfort : elle prenait conscience de ma supériorité écrasante et elle mordait la poussière.

– Tu peux jouer les altesses, rétorqua-t-elle. Ça ne colle pas avec ta façon d'être et ton rôle minable de détective privé. Il ne faut pas demander à quel point tu as voulu me nuire pour en arriver là !

– Pourquoi me donnerais-je la peine de te nuire, Christa, alors que tu es si douée pour te faire du mal à toi-même ? remarquai-je avec indifférence.

– Tes parents et toi devez passer votre temps à casser du sucre sur mon dos, j'imagine. Ça vous occupe, au moins.

– Si inconcevable que ça te paraisse, nous ne parlons jamais de toi.

Je tournai le dos et m'en allai, jouissant de ma force.

Quelques jours plus tard, mon père reçut une lettre de M. Bildung :

Le chantage que vous avez tenté d'exercer sur ma fille est ignoble. Christa a eu bien raison de quitter votre domicile. Estimez-vous heureux que je ne vous dénonce pas à la police.

– Elle essaie par tous les moyens de nous faire réagir, dit mon père qui nous avait lu la missive. Tant pis, je ne saurai jamais de quel chantage je me suis rendu coupable.

– Ne vas-tu pas appeler cet homme pour lui dire la vérité ? s'insurgea ma mère.

– Non. C'est exactement la réaction que Christa espère.

– Pourquoi ? Elle a tout à y perdre.

136

– Manifestement, elle veut sa perte. Moi, je ne la veux pas.

– Et qu'elle donne de toi une image pareille, ça t'est égal ? insista-t-elle.

– Oui, puisque je sais que je n'ai rien à me reprocher.

À l'université, il me semblait que la bande de Christa me regardait désormais avec le plus vif mépris. Je voulus y voir un effet de ma paranoïa.

Mais un matin, son ami le plus cher vint me cracher à la gueule. Je sus alors que mon délire de persécution ne m'illusionnait pas. Grande fut ma tentation de le rattraper et de lui demander ce qui m'avait valu sa salive en pleine figure.

À ce moment, je surpris Christa qui me dévisageait d'un air narquois. Et je sus qu'elle espérait une réaction de ma part. J'affectai donc de ne pas l'avoir vue.

Les vexations continuèrent. Ma mère reçut une lettre de Mme Bildung, dont la prose contenait entre autres cette perle :

Ma fille Christa m'apprend que vous avez exigé de la voir nue. Je trouve regrettable qu'on vous confie encore une charge d'enseignement.

Quant à moi, j'eus les honneurs d'une missive d'injures de Detlev, qui m'annonçait que je mourrais pucelle, car qui pourrait vouloir d'un thon comme moi ? Venant d'un si bel éphèbe, cela ne manquait pas de sel.

Nous prenions presque du plaisir à rester de marbre face à des provocations aussi grossières. Nous nous échangions nos courriers des cantons de l'Est avec un petit sourire en coin, sans commentaire.

Si nous n'en parlions pas, je n'en pensais pas moins. Je m'estimais mieux informée que mon père sur le cas Christa et ne me privais pas de conclure intérieurement : « Moi, je sais ce que personne ne sait : elle s'appelle Antéchrista. Si elle nous a choisis pour cible, c'est parce que, dans ce monde médiocre, nous sommes encore ce qui ressemble le moins au mal. Elle était venue pour nous intégrer à sa puissance et elle n'y a pas réussi : comment pourrait-elle digérer cet échec ? Elle préfère encore se détruire elle-même, dans le seul but de nous entraîner dans son naufrage. D'où la nécessité absolue de notre inertie. »

La non-intervention exige plus d'énergie que son contraire. Je n'avais aucune idée de ce que Christa racontait sur moi aux étudiants mais ce devait être très grave, à en juger d'après les yeux dégoûtés qui m'accueillaient désormais.

Je suscitais une telle indignation que même Sabine vint m'apostropher :

– Et dire que tu as essayé de m'avoir, moi aussi ! Quelle horreur !

Et la sardine s'enfuit en secouant ses nageoires, et je la regardai partir en me demandant quelle pouvait bien être sa conception du verbe avoir.

L'habileté d'Antéchrista résidait dans le mystère de ses accusations. La plupart du temps, mes parents et moi ne savions pas la nature des griefs qui nous étaient imputés : ils ne nous en paraissaient que plus abjects.

Ceux qui, à l'université et ailleurs, répercutaient notre turpitude ne se doutaient pas plus de notre innocence que de notre ignorance et jouaient à leur insu une comédie d'une perversité rare : il s'agissait de nous inspirer la juste honte de comportements dont nous ne parvenions pas à évaluer la gravité – vol ? viol ? assassinat ? nécrophilie ? – dans le but précis que nous finissions par demander des comptes.

Nous tenions bon. C'était difficile, en particulier pour moi, dont l'université était l'unique vie sociale. Ma malchance me sidérait : en seize années d'existence, je n'avais eu qu'une seule amie, et elle se révélait une épreuve métaphysique. Je sentais que je n'étais pas au bout de mes peines.

Jusqu'où Christa ne descendrait-elle pas ? Cette question m'empêchait de dormir.

Je n'en étais pas moins persuadée, comme mon père, qu'il fallait ne rien faire. À part une action d'éclat, rien n'eût pu me tirer de là – et surtout pas une défense par la parole. Parler eût été donner prise à l'attaque. Le mutisme me rendait aussi inattrapable qu'un morceau de savon : les calomnies grandissantes glissaient sur moi.

Hélas, l'inertie ne décourageait pas Antéchrista. Son obstination était sans fin. Il allait falloir que je la trouve, cette action d'éclat. Aucune idée ne me venait à l'esprit.

Si au moins j'avais compris mon adversaire !
Mais je percevais ses intentions sans pour
autant les élucider. Je ne savais toujours pas
pourquoi elle nous avait tant menti : sa séduction était telle qu'elle n'aurait eu besoin
d'aucun bobard pour nous embobiner. Or, elle
continuait à mentir de plus belle.

Doutait-elle si profondément d'elle-même ?
Peut-être pensait-elle ne pouvoir plaire qu'au
prix de mensonges énormes et en aucun cas
pour ce qu'elle était : cela eût pu la rendre
émouvante si elle ne se croyait obligée d'être
si nocive. Le respect de la vérité n'était pas
mon obsession majeure et j'aurais pu trouver
ses mythomanies charmantes si elles avaient été
inoffensives : par exemple, m'avoir raconté que
Detlev était splendide constituait un bobard
attendrissant. Si elle ne s'en était pas servie à
seule fin de m'écraser, je n'y aurais vu aucun
inconvénient. Le problème de Christa, c'est
qu'elle n'envisageait rien en dehors du rapport
de force.

Et moi, les histoires de dominants et de do-
minés, cela m'embêtait au-delà de toute
expression. C'était peut-être pour cette raison
qu'auparavant je n'avais jamais eu d'ami ou
d'amie : j'avais trop vu, au lycée et ailleurs, le

noble nom d'amitié accolé à d'obscurs servages non consentis, à des dispositifs d'humiliation systématiques, à des coups d'État permanents, à d'écœurantes soumissions, voire à des procédés de bouc émissaire.

J'avais de l'amitié une vision sublime : si elle n'était pas Oreste et Pylade, Achille et Patrocle, Montaigne et La Boétie, parce que c'était lui, parce que c'était moi, alors je n'en voulais pas. Si elle laissait place à la moindre bassesse, à la moindre rivalité, à l'ombre d'une envie, à l'ombre d'une ombre, je la repoussais du pied.

Comment avais-je pu croire qu'avec Christa c'eût pu être « parce que c'était elle, parce que c'était moi » ? Quelle avait été cette effarante disponibilité de mon âme, qui avait permis à la jeune fille de trouver en moi un pays conquis ? J'avais honte de l'aisance avec laquelle elle m'avait trompée.

Et cependant j'en étais étrangement fière. Si l'on m'avait trompée, c'était parce que, l'espace d'un instant, j'avais aimé. « Je suis de ceux qui aiment et non de ceux qui haïssent », déclare l'Antigone de Sophocle. On n'a jamais rien dit de plus beau.

La campagne diffamatoire de Christa prenait la dimension d'une tentative d'ostracisme. J'avais parfois envie de rire en songeant aux mœurs gratinées qui étaient prêtées à cette secte qu'était la famille Hast.

Je me découvrais plus importante que je ne l'avais cru. Moi qui me prenais pour la quantité négligeable de la faculté des sciences politiques, j'étais devenue le centre des regards.

– Dégage, espèce de dégueulasse, me cria un jour un type du cours.

L'espèce de dégueulasse n'obtempéra pas. Les étudiants durent subir ma présence abjecte. Il pouvait m'arriver de le vivre avec humour et de poser sur autrui des yeux d'ogresse, ce qui ne manquait jamais de produire son petit effet.

Hélas, le plus souvent ce manège ne m'inspirait que de l'accablement.

À quelque chose malheur est bon : chez moi, j'avais récupéré ma chambre et mon droit à la lecture. Jamais je ne lus autant qu'en cette période : je dévorais, tant pour compenser les carences passées que pour affronter la crise imminente. Ceux qui croient que lire est une fuite sont à l'opposé de la vérité : lire, c'est être mis en présence du réel dans son état le plus concentré − ce qui, bizarrement, est moins effrayant que d'avoir affaire à ses perpétuelles dilutions.

Ce que je vivais était une tisane d'épreuves et c'était le plus pénible : ne pouvoir prendre le mal à bras-le-corps. On se trompe quand on croit lire au hasard : ce fut à ce moment que je commençai à lire Bernanos, l'auteur dont j'avais exactement besoin.

Dans *L'Imposture*, je tombai sur cette phrase : « La médiocrité, c'est l'indifférence au bien et au mal. » J'ouvris de grands yeux.

Je courus pour arriver au cours : j'étais en retard. Haletante, je déboulai dans l'amphithéâtre : le professeur était absent et Christa en avait profité pour occuper sa place et parler de je ne savais quoi.

Je montai vers ma rangée, au sommet des gradins. Ce fut au moment de m'asseoir que je remarquai le silence qui s'était installé dès mon intrusion : Christa s'était tue à l'instant où j'étais entrée.

Tous les étudiants s'étaient tournés vers moi et je compris de quel sujet crucial Antéchrista les avait entretenus. Je sus que je ne pourrais pas rester indifférente à un mal aussi grotesque.

Aucune réflexion ne me fut nécessaire. Je me levai et descendis l'escalier que je venais de gravir. Mue par une certitude qui me donnait envie de rire, je marchai calmement vers Christa.

Elle souriait, persuadée d'avoir triomphé de ma patience : j'allais enfin faire ce qu'elle espérait, l'invectiver, l'affronter, voire la gifler, elle allait vivre son heure de gloire, elle m'attendait.

Je pris son visage entre mes mains et je collai mes lèvres sur les siennes. Je mis à profit les déficiences des Renaud, Alain, Marc, Pierre, Thierry, Didier, Miguel, etc. pour improviser, avec du langage une science infuse et soudaine, ce que l'être humain a inventé de plus absurde, de plus inutile, de plus déconcertant et de plus beau : un baiser de cinéma.

Aucune résistance ne me fut opposée. Il est vrai que je bénéficiai du plus absolu des effets de surprise : il y a une prime à l'inattendu. À ce bras de fer du bouche-à-bouche, je jouai patte de velours.

Quand je lui eus longuement exposé ma façon de penser, je la repoussai et me tournai vers l'amphithéâtre médusé et hilare. Le triomphe écrasant, je demandai d'une voix sonore à ces dégénérés en surnombre :

– D'autres candidats ?

Mon archée était immense. Hastaire de haut niveau, je n'avais qu'à saisir quatre-vingts hallebardes et les transpercer tous. Mais dans ma mansuétude sans limites, je me contentai de les toiser avec morgue, de trancher d'un coup d'œil quelques têtes par trop méprisables et de quitter la salle, laissant derrière moi une pauvre victime effondrée qui mordait la poussière.

C'était à la veille des vacances de Pâques.

Christa retourna parmi les siens. Je me plus à la supposer clouée sur une croix, à Malmedy : fantaisie de saison. Mes parents et moi ne reçûmes plus de courriers scabreux.

Deux semaines plus tard, les cours reprirent. On ne revit plus jamais Christa à l'université. Personne ne me demanda de ses nouvelles. C'était comme si elle n'avait jamais existé.

J'avais toujours seize ans, j'étais toujours vierge et, pourtant, mon statut avait sacrément changé. On respectait celle qui s'était taillé une telle réputation dans le domaine du patin.

Le temps passa. Je ne réussis pas les examens universitaires de juin : j'avais l'esprit ailleurs. Mes parents partirent en voyage, non sans m'avertir que j'avais intérêt à ne pas échouer en septembre.

Je restai seule dans l'appartement. Cela ne m'était jamais arrivé si longtemps et je m'en réjouis : n'y eût-il eu ces cours assommants à assimiler, c'eussent été des vacances de rêve.

Ce fut un été étrange. La chaleur bruxelloise était d'une laideur comique, je fermai définitivement les volets : je m'installai dans l'obscurité et le silence. Je devins une endive.

Très vite, je vis dans le noir comme en plein jour. Je n'allumais jamais de lampe ; la maigre lumière qui filtrait au travers des persiennes me suffisait.

Mes journées ne connaissaient d'autre rythme que les croissances et décroissances de l'infime lueur solaire. Je ne mettais pas le nez dehors : je m'étais fixé pour pari absurde de tenir, pendant mes deux mois de relégation, avec les provisions des placards. Le manque de produits frais aggrava ma mauvaise mine.

Ce que j'étudiais ne m'intéressait pas le moins du monde. Je décidai de réussir les examens par orgueil puis de changer d'orientation. Je m'imaginais les destins les plus divers : croque-mort, radiesthésiste, vendeuse de hallebardes, fleuriste, marbrière, professeur de tir à l'arc, fumiste, réparatrice de parapluies, consolatrice à la chaîne, camériste, trafiquante d'indulgences.

Le téléphone ne sonnait jamais. Qui eût pu m'appeler à part les parents ? Ces derniers descendaient des fleuves impassibles, photographiaient des Écossais en kilt, contemplaient quarante siècles du haut des Pyramides, mangeaient avec les Papous l'ultime famille d'anthropophages – je ne sais plus à quel exotisme ils se chauffaient.

Le 13 août, j'eus dix-sept ans. Le téléphone ne sonna pas davantage. Il n'y avait là rien d'étonnant : les anniversaires estivaux ne sont jamais fêtés.

Puisque ce nouvel âge n'était pas sérieux, je gaspillai les heures de la matinée en une sorte de *no man's land* de l'esprit, au fond duquel je simulais la révision du cours d'économie politique – en vérité, je n'avais aucune idée du gouffre où se précipitait ma conscience.

Soudain, au milieu de l'après-midi, j'éprouvai le besoin impérieux de voir un corps. Or, il n'y en avait qu'un seul à ma disposition.

Je me levai, fantomatique, et j'ouvris l'armoire dont la porte était un grand miroir. Dans la glace, je vis une endive vêtue d'une vaste chemise blanche.

Comme il n'y avait toujours pas de corps, je me déshabillai et regardai.

Déception : le miracle n'avait pas eu lieu. La nudité vue dans le reflet n'avait pas de quoi inspirer l'amour. Je m'en accommodai avec philosophie : j'avais l'habitude de ne pas m'aimer. Et puis, « ça » pouvait encore m'arriver. J'avais le temps.

Ce fut alors que, dans le miroir, j'assistai à de terrifiants phénomènes.

Je vis la morte saisir la vive.

Je vis mes bras se lever à l'horizontale, en un geste de crucifixion, puis mes coudes se plier en angle aigu et mes mains se rejoindre à plat, paume contre paume, orantes contre leur gré.

Je vis mes doigts s'étreindre au pancrace, je vis mes épaules se tendre comme un arc, je vis

150

ma cage thoracique déformée par l'effort et je vis ce corps ne plus m'appartenir et exécuter, toute honte bue, la gymnastique prescrite par Antéchrista.

Ainsi, sa volonté fut faite, et non la mienne.

Amélie Nothomb
dans Le Livre de Poche

Attentat   n° 14688

Épiphane Otos serait-il condamné par sa laideur à vivre exclu de la société des hommes et interdit d'amour ? Devenu la star – paradoxale – d'une agence de top models, Épiphane sera tour à tour martyr et bourreau, ambassadeur de la monstruosité internationale... et amoureux de la divine Éthel, une jeune comédienne émue par sa hideur.

Les Catilinaires   n° 14170

La solitude à deux, tel était le rêve d'Émile et de Juliette. Une maison au fond des bois pour y finir leurs jours, l'un près de l'autre. Étrangement, cette parfaite thébaïde comportait un voisin. Un nommé Palamède Bernardin, qui d'abord est venu se présenter, puis a pris l'habitude de s'incruster chez eux chaque après-midi, de quatre à six heures. Sans dire un mot, ou presque. Et cette présence absurde va peu à peu devenir plus dérangeante pour le couple que toutes les foules du monde.

Les Combustibles nº 13946

La ville est assiégée. Dans l'appartement du Professeur, où sont réfugiés son assistant et Marina, l'étudiante, un seul combustible permet de lutter contre le froid : les livres... Tout le monde a répondu une fois dans sa vie à la question : quel livre emporteriez-vous sur une île déserte ? Dans ce huis clos cerné par les bombes et les tirs des snipers, l'étincelante romancière du *Sabotage amoureux* pose à ses personnages une question autrement perverse : quel livre, quelle phrase de quel livre vaut qu'on lui sacrifie un instant, un seul instant de chaleur physique ? Humour, ironie et désespoir s'entretissent subtilement dans cette parabole aux résonances singulièrement actuelles.

Cosmétique de l'ennemi nº 15503

« Sans le vouloir, j'avais commis le crime parfait : personne ne m'avait vu venir, à part la victime. La preuve, c'est que je suis toujours en liberté. » C'est dans le hall d'un aéroport que tout a commencé. Il savait que ce serait lui. La victime parfaite. Le coupable désigné d'avance. Il lui a suffi de parler. Et d'attendre que le piège se referme. C'est dans le hall d'un aéroport que tout s'est terminé. De toute façon, le hasard n'existe pas.

Hygiène de l'assassin

Prétextat, prix Nobel de littérature, n'a plus que deux mois à vivre. Des journalistes du monde entier sollicitent des interviews de l'écrivain que sa misanthropie tient reclus depuis des années. Quatre seulement vont le rencontrer, dont il se jouera selon une dialectique où la mauvaise foi et la logique se télescopent. La cinquième lui tiendra tête, il se prendra au jeu. Si ce roman est presque entièrement dialogué, c'est qu'aucune forme ne s'apparente autant à la torture. Les échanges, de simples interviews, virent peu à peu à l'interrogatoire, à un duel sans merci où se révèle alors un homme différent, en proie aux secrets les plus sombres. Dans ce premier roman d'une extraordinaire intensité, Amélie Nothomb manie la cruauté, le cynisme et l'ambiguïté avec un talent accompli.

Mercure
n° 14911

Sur une île au large de Cherbourg, un vieil homme et une jeune fille vivent isolés, entourés de serviteurs et de gardes du corps, à l'abri de tout reflet ; en aucun cas Hazel ne doit voir son propre visage. Engagée pour soigner la jeune fille, Françoise, une infirmière, va découvrir les étranges mystères qui unissent ces deux personnages. Elle saura pourquoi Hazel se résigne, nuit après nuit, aux caresses du vieillard. Elle comprendra au prix de quelle implacable machination ce dernier assouvit un amour fou, paroxystique... Au cœur de ce huis clos inquiétant, Amélie Nothomb retrouve ses thèmes de prédilection : l'amour absolu et ses illusions, la passion indissociable de la perversité.

Métaphysique des tubes n° 15284

Parce qu'elle ne bouge pas et ne pleure pas, se bornant à quelques fonctions essentielles – déglutition, digestion, excrétion –, ses parents l'ont surnommée la Plante. L'intéressée se considère plutôt, à ce stade, comme un tube. Mais ce tube, c'est Dieu. Le lecteur comprendra vite pourquoi, et apprendra aussi que la vie de Dieu n'est pas éternelle, même au pays du Soleil levant...

Péplum n° 14489

L'ensevelissement de Pompéi sous les cendres du Vésuve, en 79 après Jésus-Christ, a été le plus beau cadeau qui ait été offert aux archéologues. À votre avis, qui a fait le coup ? Pour avoir deviné un des plus secrets du futur, la jeune romancière A.N. est enlevée pendant un bref séjour à l'hôpital, et se réveille au XXVIe siècle, face à un savant du nom de Celsius. Entre ces deux personnages que tout oppose – elle furieuse contre ce rapt, lui contre cette fille qui en sait trop – s'instaure une conversation où il sera question de la grande guerre du XXIIe siècle, du réel et du virtuel, de voyages dans le passé mais aussi d'art, de philosophie, de morale. Science-fiction, satire, finesse psychologique d'un affrontement verbal où chacun cherche la faille de l'autre : dans ce mélange détonant on retrouve l'humour acide, l'insolence, l'éclat du style qui placent la romancière de *Hygiène de l'assassin* au tout premier rang des écrivains de sa génération.

Robert des noms propres   n° 30144

« Pour un écrivain, il n'est pas de plus grande tentation que d'écrire la biographie de son assassin. *Robert des noms propres* : un titre de dictionnaire pour évoquer tous les noms qu'aura dits ma meurtrière avant de prononcer ma sentence. C'est la vie de celle qui me donne la mort. »

Le Sabotage amoureux   n° 13945

Saviez-vous qu'un pays communiste, c'est un pays où il y a des ventilateurs ? Que de 1972 à 1975, une guerre mondiale a fait rage dans la cité-ghetto de San Li Tun, à Pékin ? Qu'un vélo est en réalité un cheval ? Que passé la puberté, tout le reste n'est qu'un épilogue ? Vous l'apprendrez et bien d'autres choses encore dans ce roman inclassable, épique et drôle, fantastique et tragique, qui nous conte aussi une histoire d'amour authentique, absolu, celui qui peut naître dans un cœur de sept ans. Un sabotage amoureux : sabotage, comme sous les sabots d'un cheval qui est un vélo...

Stupeur et tremblements   n° 15071

Au début des années 90, la narratrice est embauchée par Yumimoto, une puissante firme japonaise. Elle va découvrir à ses dépens l'implacable rigueur de l'autorité d'entreprise, en même temps que les codes de conduite, incompréhensibles au profane, qui gouvernent la vie sociale au pays du Soleil levant. D'erreurs en maladresses et en échecs, commence alors pour elle, comme dans un mauvais rêve, la descente inexorable dans les degrés de la hiérarchie, jusqu'au rang de surveillante des toilettes, celui de l'humiliation dernière. Une course absurde vers l'abîme – image de la vie –, où l'humour percutant d'Amélie Nothomb fait mouche à chaque ligne.

Du même auteur
aux Éditions Albin Michel :

HYGIÈNE DE L'ASSASSIN, 1992.

LE SABOTAGE AMOUREUX, 1993.

LES COMBUSTIBLES, 1994.

LES CATILINAIRES, 1995.

PÉPLUM, 1996.

ATTENTAT, 1997.

MERCURE, 1998.

STUPEUR ET TREMBLEMENTS, Grand Prix du roman
de l'Académie française 1999.

MÉTAPHYSIQUE DES TUBES, 2000.

COSMÉTIQUE DE L'ENNEMI, 2001.

ROBERT DES NOMS PROPRES, 2002.

Composition réalisée par IGS-CP

Imprimé en France sur Presse Offset par

BRODARD & TAUPIN

GROUPE CPI

La Flèche (Sarthe).
N° d'imprimeur : 28984 – Dépôt légal Éditeur : 57773-05/2005
Édition 01
LIBRAIRIE GÉNÉRALE FRANÇAISE – 31, rue de Fleurus – 75278 Paris cedex 06.

ISBN : 2 - 253 - 11339 - 5   ⊕ 31/1339/6